ベリーズ文庫

早熟夫婦
～本日、極甘社長の妻となりました～

葉月りゅう

STARTS
スターツ出版株式会社

目次

未熟な結婚

糖度10％の秘密な関係

人生最悪の日、私はひとりぼっちになった。

……いや、なるはず、だったのに。

「結婚しないか、俺と」

「これからもっと、ずっと俺がそばにいてやる」

いつも私を優しく見守ってくれていた瞳に、芯のある力強い光を湛《たた》えて、彼はそう言った。

恋愛のなんたるかも知らなかった私だけれど、〝この人と一緒にいたい〟という、強い気持ちだけは本物だったと確信している。

あの夜、私はひとつの愛の形を知った。

肌にまとわりつく空気はぬるくて、雲間から顔を覗《のぞ》かせた月が綺麗《きれい》な、十八歳の夏のことだった。

＊　＊　＊

七月も半ばに差しかかった今日は、梅雨《つゆ》が明けたのだろうか、朝からさんさんと暑い日差しが降り注いでいる。

世間一般の出勤時間よりも、やや遅めの九時三十分。私は横浜《よこはま》駅から徒歩十分の、オフィス街に佇《たたず》む七階建てのビルに足を踏み入れた。

一階は落ち着いた雰囲気のカフェがあり、毎度香ばしい香りの誘惑に負けないよう耐えて、五階に向かっている。

私は専門学校生で、バイトでこのオフィスに通っている身分なので一応我慢しているが、コーヒーをテイクアウトして出社するのはちょっと憧れる。

今日はたまたま創立記念日で休校のため、朝から働ける。

普段は授業が詰まっていて忙しく、三限までで午後三時に終わる火曜日と木曜日しかバイトに入れない。オフィスの終業時間は七時だから、あっという間にバイトが終わってしまって物足りないのだ。その分、今日はみっちり頑張りたい。

五階に着き、『ネージュ・バリエ』と書かれたプレートがついたドアを開ければ、明るく清潔感のある白を基調とした内装のオフィスが広がる。

壁も窓枠も白く、洗練された雰囲気のその空間に、木製のテーブルや棚、観葉植物がナチュラルな色を添えている。

このビルの外壁は焦げ茶色で、私たちのオフィスはこの通り真っ白。まるでチョコレートでコーティングされたアイスクリームみたいだな、なんてよく思う。

今日は、出社したのは私が初の一番乗り。オフィスの鍵は個人別に暗証番号を発行するシステムのため、バイトの私にも開けられるのだ。

誰もいないオフィスは時間が止まっているように感じられて、不思議な心地よさがある。ただ、朝から暑さがこもっていて快適さは低いので、中へ入ると真っ先に冷房をつけた。

ここネージュ・バリエは、広告や雑誌、Ｗｅｂデザインなどを手がけるデザイン制作会社だ。十年前に起業し、現在の社員数は二十数人であるにもかかわらず、業界内では頭角を現した会社だと話題になっている。

一躍有名になったのは、大手企業の広告を手がけたことがきっかけだが、人気のデザイナーを抱えていることや、自由度が高くアットホームな社風も注目されているらしい。

そんな中、私は事務アシスタントとして、総務的な作業や経理処理などの手伝いをしている。皆が気持ちよく働けるよう管理する仕事だ。

朝から入るのは今日が初めてで、まず社内の備品で足りないものがないかを確認してほしいと言われている。しかし、その前に秘密のミッションを実行するつもりなので、出入口から右奥にある、とある人物のデスクに近づく。

「……いつ見ても生活感たっぷり」

オフィス内はスッキリしているのに、ここだけ資料やら筆記用具やらが溢《あふ》れているので、私はひとり呟《つぶや》いて笑いをこぼした。

こうしている犯人は、一昨年この会社の社長の座に就いた、久礼尚秋《くれなおあき》だ。

ここはバイトも社員も特定の席がない。フロアの中心に大きな長方形のテーブルがいくつか設置されており、そのワークスペースに各々がノートパソコンを持ち寄って、毎日好きな場所に座っている。担当する案件によってチームメンバーも違うため、スムーズに集まりやすい仕組みとなっているそうだ。

久礼社長も席を移動して、皆と同じテーブルに並んで仕事をするときも多い。だが、社長は結構面倒くさがりで、必要な資料や私物は自分の手の届く範囲に置いておく癖がある。

そのため、社長の物置専用とも言うべきこのデスクが存在する。ひとりで集中したいときなんかにも使っているけれど、ほぼ彼の私物置き場と言っていいだろう。

私はこのデスクから、あるものを見つけ出そうとしている。誰かに見られたら困るので、今しかない。

一応「失礼します」と呟き、デスクの上に積まれた資料やファイルを一冊ずつ退けていく。一分足らずでお目当てのＡ４サイズの封筒を発見し、私は目を見開いた。

「やっぱりここにあった！　うわ、封も開けてない」

表と裏を交互に見て、思わず声を上げた。

この封筒は先日、社員全員に渡されたもので、以前受けた健康診断の結果が入っている。これはもちろん社長のものだが、見てもいないとは……。

彼の無頓着さに呆《あき》れていると、廊下から声と足音がしてきたので、慌てて封筒を自分のバッグにしまう。この件については、帰ってから議論するとしよう。

間もなくして、ふたりの女性社員が入ってきた。ドアを開けて先に現れたのが、アシスタントの先輩、二十四歳の泉《いずみ》さんだ。

職場内で一番仲のいい彼女が、私に気づいてにこりと笑顔を見せた。ふんわりとしたショートヘアが、ボーイッシュな性格かつ可愛《かわい》い顔立ちの彼女によく似合っている。

「おはよ、キョウちゃん。早いねー」

「おはようございます。今日は学校が休みなので」

何事もなかったように爽やかに答えた。早起きの理由が、社長の健康診断の結果をこっそりいただくためとは言うまい。

私、野々宮杏華《ののみやきょうか》のことを、泉さんを含め仲のいい社員は〝キョウちゃん〟とフレンドリーに呼ぶ。

専門学校に入ったと同時にバイトを始め、まだ三ヵ月ほどしか経っていない私。先月、誕生日を迎えて十九歳になったが、人間的にもまだまだひよっこだ。

にもかかわらず居心地よく働けているのは、皆の人柄がいいからに他ならない。この人、なんとなく苦手かも……と感じるタイプの人もいるにはいるけれど、特別に支障があるわけではない。

そのうちのひとりが、泉さんに続いて現れた、ディレクターの鬼頭《きとう》さん。仕事は速く、正確で、主にプロジェクトの指揮を執る立場であるものの、デザインのスキルも併せ持っている有能な女性だと評判だ。

先月の誕生日で二十七歳になったらしい彼女は、いつも長い黒髪をきっちりひとつにまとめたスタイルで眼鏡《めがね》をかけ、服装に決まりのないこの会社でも、だいたいレディーススーツを着ている。

そのお堅い印象の通り、口を開けば誰に対しても敬語で、表情も決して豊かなほうではない。掴《つか》めない人なので、少々絡みづらいのだ。

でも、だからこそ仲良くなれたら素敵じゃないだろうか。そう思い、あえて自分から話しかけたりもしている。

謎のチャレンジ精神で今日も話しかけてみようと、私はメモ帳とペンを手に、オフィスの壁に設置されたロッカーに荷物をしまっている鬼頭さんに近づく。

「鬼頭さん、来週の勉強会のランチなんですが、なにかリクエストありますか?」

私の問いかけに、彼女はこちらを振り返って動きを止めた。

ここでは月に一回、皆でランチを食べながらさまざまな課題について話し合う、ランチミーティングという勉強会が行われている。

デリバリーやテイクアウトで食べるものを調達していて、オシャレなカフェランチだったり、有名シェフが監修したお弁当だったりと、ちょっと手の込んだものを選ぶことが多い。

これもアシスタントの仕事のひとつで、毎月誰かしらのリクエストを聞いて決めているらしい。『今度、誰でもいいからキョウちゃんも聞いてみなよ』と以前泉さんに言われていたので、今、実行したわけだ。

鬼頭さんの好みも知れるかも、と若干ワクワクして返事を待っていると、彼女は少しだけ思案して口を開く。

「……牛丼」

「へ？」

こだわりの逸品とか、行きつけの店の名前が出るかと思いきや、あまりにも庶民的な料理名が飛び出したので、ぽかんとした。

間抜け面になる私に構わず、彼女はさらに、つらつらと続ける。

「頭の大盛りで赤多め、卵追加で、紅しょうが三袋に七味ふた袋も忘れずもらってきてください。……あ、今の時期は卵の持ち帰りは禁止されてるんでしたね。残念です」

「え、あ、頭……⁉」

慌ててメモを取ろうとするも、最初のほうでなにを言われていたのかわからず、戸惑いまくる。

〝頭〟とか〝赤多め〟って、なに？　というか、こだわりがあるのはそこですか。

ツッコミどころ満載でひとり混乱していると、鬼頭さんは自分のノートパソコンを持って私に向き直る。眼鏡の奥の瞳にも口元にも、笑みは皆無だ。

「私にリクエストを求めると、こうなります。なので、他の方に聞かれたほうがよろしいかと」

無愛想にそう言った彼女は、私が引き止める間もなく、さっさとワークスペースへ向かってしまった。そしてテーブルにパソコンを置くと、すぐに掃除に取りかかっている。

ぽかんとしたまま、ひとり取り残される私のもとに、静観していた泉さんが苦笑を浮かべてやってくる。

「鬼頭さんって本当に独特だよね。ここに入って三年経った私にも、まだ理解できないもん。ある意味、面白いか」

「はい。かなり」

泉さんの言う通り、謎の部分はすごく多いのだけど、逆に興味深い。牛丼にあれだけのこだわりがあるのも面白いし。

とりあえず悪い人ではないことはわかる。真面目《まじめ》で無愛想なだけで、根は優しいんじゃないかな。

「今の、鬼頭さんなりの気遣いなのかもしれませんね。他の皆のリクエストを優先させるための」

そうであってほしい、という勝手な思いも込めて言うと、泉さんは一瞬キョトンとする。そして、すぐに柔らかな笑顔を見せた。

「そうやって考えられるキョウちゃん、素敵」

「俺もそう思う」

大げさな泉さんの言葉に同意する声が、私たちの後ろから割り込んできた。

振り返れば、百八十センチほどの高身長の男性が、白いワイシャツにスラックスの凛々《りり》しいビジネスマンの仕事姿で立っていた。

見つめられると目が離せなくなる力を持つ瞳に、スッと通った高い鼻、薄すぎず厚すぎない唇。その整った男らしい顔には、落ち着きのある笑みを浮かべている。私の大好きな、包み込まれるような笑みを。

この人こそ、私たちのトップである久礼尚秋だ。二十九歳、おうし座、O型。優れているのは容姿だけでなく、地位や才能もしかり。おまけに気さくで仕事熱心な性格から人望も厚く、男も女も憧れる存在である。

いつもは社長もシンプルかつカジュアルな服装が主だが、今日は大口のクライアントとの打ち合わせがあるためスーツ姿。

緩くうねるミディアムヘアも、前髪を掻《か》き上げてワイルドさとセクシーさを醸し出している。

普段よりもさらにカッコいい姿で登場した彼に、泉さん共々爽やかに挨拶をする。

「社長、おはようございます」

「おはよう。今日は朝から暑いな」

社長は気だるげに首元のボタンをふたつ外し、「なんでこんな日に打ち合わせなんだ……」と、ぼやく。

その仕草と、ちらりとかいま見える鎖骨が色っぽくて、目の毒だと思いつつ見てしまう私。もうだいぶ見慣れているはずなのに、どうしてかな。

ちょっぴり胸をときめかせていると、こちらに目を向けた彼が少し身を屈《かが》め、視線を合わせてきた。なぜか顔をじっと見つめられて観察されるので、どうしたのかとキョトンとする。

「野々宮、前髪切ったのか」

「あ、はい。よくわかりましたね」

彼が口にしたひとことで、昨日の夜に切ったことを思い出し、やや眉毛が見えるくらいまでにした前髪を片手で押さえた。

目は大きいほうだと思うが、鼻が低くて童顔な私のヘアスタイルは、ストレートのセミロング。その髪を伸ばしている最中だと、前髪だけはセルフカットすることが多々ある。

でも、切ったのは一センチくらいだし、気づかれなくてもおかしくない。よくわかったなと軽く驚いていると、泉さんがニンマリして言う。

「そりゃー社長は〝野々宮マニア〟だもん。些細《ささい》な変化にも気づきますよねぇ」

「当然だ」

社長が堂々と認めるものだから、泉さんはおかしそうに笑い、私は恥ずかしさと少々の呆れで、しおしおと俯《うつむ》いた。

否定する気はまったくないんだもん、困っちゃう。この社長様、皆の前だろうと平気で私に甘い態度を取ってくるのだ。

もちろん、仕事でのミスを見逃したりだとか、私だけ特別待遇にしたりとか、いわゆるえこひいきはしないが、好意や過保護さを隠そうとはしない。

たとえば、休憩中に私が男性社員とふたりで話しているとさりげなく割って入ってくるし、用紙で指を切っただけで絆創膏《ばんそうこう》を片手に飛んできたりする。

おかげで、彼が私を相当気に入っているのは周知の事実となっていて、泉さんが言った通り〝野々宮マニア〟なんて異名までついている。

ただ、私は未成年だし、社長との年齢差もあって彼は子供の世話を焼いているような調子なので、私たちのやり取りを面白がって見ている人がほとんどだ。彼の言動も、社長が心得ているのかもしれない。

たぶん皆ネタだと思っているはず。社長ほどハイスペックな男性なら、バイト相手であっても女性社員が敵対視してきそうな気もするが、すでにお相手がいる人も多く、厄介事に巻き込まれることもない。というか、私になにかしたら社長が黙っていないだろう、と皆が心得ているのかもしれない。

泉さんも、こういう場面ではいつも呆れ気味に受け流している。

「気温より、キョウちゃんに対する社長の熱量のほうがアツいですよ。というか、重い？」

「こら」

社長が、むっと仏頂面になって見下ろすも、彼女はあっけらかんと笑い、「さっ、掃除掃除～」と言ってさっさと朝の清掃に取りかかり始めた。

泉さんみたいに、相手の役職は関係なく誰でもフランクにできるのがネージュ・バリエのいいところ。だからこそ、私への彼の態度もギャグだと受け取ってもらえるんだろう。

それはさておき、今日は初めて私も掃除をしなければ。この会社では毎朝、全員でオフィスを軽く綺麗にしてから業務開始となるのだ。

私もほうきを取りに向かおうとしたとき、社長がさりげなく再び身体を屈めて、私の耳に顔を近づける。

「髪、可愛いよ。……キョウ」

こっそりと囁《ささや》かれたひとことに、ドキッとして振り仰げば、彼はほんの一瞬、プライベート用の甘い笑みをかいま見せた。

……ああ、ずるい。会社で、家にいるときみたいに呼ぶのは。うまくかわせなくて、皆にバレてしまいそうになるじゃない。

私があなたの奥さんだって――。


私は、とある事情で、ずっと前から親しくしていた社長、もとい尚くんと、去年の夏の終わりに学生結婚をした。

恋愛の末でも、政略的でもなく……なんと名づけたらいいかわからない特殊な形の結婚だったが、彼が恩情で私を助けてくれたことだけは確かだ。

このことを知っているのは、彼のご両親や、私のごく親しい友達など数人だけ。高校時代も現在も、私は周りには言わずに〝野々宮〟として過ごしている。

バイトの面接をしたときも、引っ越しが完了する前だったため、履歴書には以前のアパートの住所を書いてやり過ごした。尚くんと同じ住所を記載するわけにはいかなかったから。

こうまでして秘密にしている理由のひとつは、単に気まずいからだ。高校生のうちに結婚する人は多くないため、どんな目で見られるか不安でもある。私たちの場合、馴れ初《なそ》めも説明しづらいし。

デザインの専門学校に通うと同時に始めた、勉強を兼ねたバイトも、本当は別の場所でするつもりだった。しかし尚くんが『俺のところに来い』と言い張るので、皆に内緒にするならと条件をつけて入ったのだ。

夫と同じ職場に入ることで、甘えていると思われるかもしれないという懸念があったのも、秘密にしているもうひとつの理由である。

それなのに……。

まさか、あんな態度を取るようになるとは思わなかった。内心、私たちの関係を疑っている人もいるかもしれないし、内緒にしている意味がないじゃないか。

……とはいえ、まんざらでもない自分がいる。その理由はごくシンプル。

旦那様のことが誰よりも好きだから、だ。

彼は根っからの過保護体質で、私が子供の頃からなにかと気にかけてくれていて、今もその延長なのだということはわかっている。妻であっても、そこにあるのは家族愛のようなもので、男女の愛ではないと。

年が離れているし、お互い昔から親戚同然に接しているせいで、女として見られているとは思えないのだ。寝室も別々だし、当然、夫婦にあるべき夜の営みだって皆無。

八月の結婚記念日で入籍して丸一年になるし、けじめをつけるためにも自分の気持ちを伝えたらいいと思うのだけど……。

もしも私の恋心を受け入れてもらえなかったら、離婚を切り出されるんじゃないか。そんな不安があって、なかなか勇気を出せそうにない。

本当の夫婦って、どうすればなれるのかな。

結婚しているのにこんなことを考えるのもおかしいよね、と心の中で自嘲しつつ、今日も任された事務仕事をこなしていた。

泉さんから頼まれて、経理処理に必要な紙の請求書がまとめられているファイルを取りに、オフィスの一角にあるデザイナーズルームに向かう。

小部屋となっているそこにはさまざまな資料が保管されていて、丸いテーブルにはデザインのラフや色鉛筆などが置かれている。主にデザイナーが使用する部屋だが、特に〝Akaru《アカル》〟がこもって作業をしていることが多い。

Akaruとは、女性のハートを掴んで離さない、可愛らしくオシャレなデザインを生み出す人気デザイナー。稀《まれ》にイラストレーターの仕事もしている売れっ子だが、世間には素性を明かしていない。

その正体は加々美《かがみ》耀《よう》という王子様系イケメンで、アートディレクターも兼務している超有能な人物なのだ。

フロアには加々美さんの姿がなかったので、きっとここに彼がいるだろうとなにげなく考えながら、ノックしてドアを開けた。

ところが中にいたのは、イケメンはイケメンでも王子様ではなく、私の旦那様。他には誰もいない。

ネクタイを締め、ワイシャツの袖を腕まくりした彼に、性懲りもなく胸が高鳴る。私服姿もカッコいいけれど、たまに見るスーツ姿は格別なんだもの。昔から私がこんなに萌《も》えていることに、本人は絶対気づいていないだろう。

立ちっぱなしで自分のノートパソコンを覗き込んでいた尚くんは、こちらに目線を向け、「よう」と軽く声をかけた。私はぺこりと会釈《えしゃく》する。

「お疲れさまです。加々美さんは？」

「ほぼ固まってたデザインが、クライアントからリテイク出されて。ついさっきまで俺と悩み合ってたけど、一旦、現実逃避してくるって」

「あ、なるほど」

げっそりした加々美さんが気晴らしにオフィスを出ていくのが想像できて、苦笑を漏らした。

これでいこう!と決めた矢先に修正依頼が来るのは、なかなかつらいだろう。彼は人気デザイナーゆえにいくつも案件を抱えているし、大変さは想像に難くない。

同情しながら、尚くんの背後にある棚に向かうと、落ち着きのある低音ボイスが投げかけられる。

「今朝、なんであんなに急いで出たんだ?」

ピクリと反応した私は、ファイルに伸ばした手を一時停止させる。

そういえば、今朝は例のものを手に入れるために、尚くんがまだ朝食を食べている最中にさっさと出たのだった。始業時間までにはまだ余裕があったのに。

会社で顔を合わせるまで、前髪を切ったことに彼が気づかなかったのも、きっと私がバタバタしていたせいだろう。

怪訝《けげん》そうな顔をしている尚くんを横目でちらりと見て、いたずらっぽく口角を上げて答える。

「家に帰るまで内緒」

「なんだよ、気になるだろうが」

不満げに口を尖《とが》らせる彼が、ちょっぴり可愛い。

それはすぐに崩れて〝仕方ないな〟という感じの小さな笑いに変わる。そして腕時計を見下ろし、椅子に置いてあったビジネスバッグを手に取った。

「じゃあ、早く帰らないとな。とりあえず打ち合わせ行ってくる」

「あ、待って」

あることに気づき、出ていこうとする彼を呼び止めた。キョトンとする彼を私と向き合わせ、淡いイエローとネイビーのチェック柄のネクタイに手を伸ばす。

「ネクタイ曲がってる。頑張ってください、社長」

若干曲がっていた結び目を直し、最後にポンと軽く腕を叩《たた》いて笑いかけた。

尚くんは自分のことに無頓着だから、私は年下のくせについお節介を焼いてしまう。

朝は『忘れ物ない？』と確認するのが癖になっているし、急いでいるときはボサボサの髪を整えもせず出ていこうとするから、私が寝癖直しのスプレーを片手に追いかけることもしばしば。

こういうときだけ、年齢的な意味で彼に近づけた気分になる。……いや、むしろ彼の年を追い越してお母さんっぽいか？　それはまずい。

一抹の危機感を覚えたものの、ふいに尚くんの手がこちらに伸びてきて、はっとした。包み込むように私の後頭部を支え、綺麗な瞳を妖《あや》しげに細めて、真正面から見つめてくる。

「……今の、ぐっときた。会社だってこと忘れて、キスしそうになる」

セクシーな声色で囁かれ、ドキン、と心臓が跳ねた。

〝今の〟って、ネクタイを直したのがよかったの？　お母さんっぽいとは思われていなかった。

……じゃない！　セーフ！

顔が赤くなっていることを自覚し、私は膨れっ面で彼の胸を押し返して、物申す。なるべく声を潜めて。

「そ、そういうこと、皆の前では絶対言わないでね⁉」

「てことは、ふたりきりのときならいいんだな？」

したり顔の彼に一枚上手な返しをされ、一瞬、うぐ、と言葉に詰まってしまった。

そりゃあ、尚くんになら言われて嫌な気は全然しないけど、そういうことじゃないのですよ……。

心の中でもごもご言っているうちに、彼は含みのある笑みを浮かべて「いってきます」と告げ、部屋から出ていった。

ひとりになり、はあ、と小さく息を吐き出す。

結婚して以来、尚くんは色気のある冗談を口にすることが多くなってきた気がする。こちらとしては複雑な心境だ。

ちょっとは女として見てもらえているのかも……なんて期待と、どうせ、ただからかわれているだけだろう、という諦めが入り交じって。

──尚くん、私はあなたの本物の奥さんになりたいよ。あなたは、私のことをどう思っている？

胸の中だけでしか問いかけられない情けない自分に、もう一度ため息をつき、今度こそファイルを手に取った。

糖度20%、慈愛80%のプロポーズ

私は物心ついた頃から母子家庭で、父の記憶はほとんどない。ふたりは駆け落ち同然だったらしく、周りに頼れる親戚もおらず、離婚してからは本当に女手ひとつで育てられた。

とりあえず、「お父さんはちょっと悪い男で、でもいい人だったんだよ」と、母が後悔のなさそうな顔で話していたから、うまくはいかなかったが、きっといい恋愛をしたのだろう。

母はいつも笑顔で、逞《たくま》しく生きている強い女性だった。昼は定食屋、夜は工場と働き詰めだったのに、身体を壊すことはほとんどなかったと思う。

そんな彼女が「お隣に住み始めた久礼くんよ」と言って、見知らぬ男の人を紹介してきたのは、私が小学五年生のとき。当時、二十一歳で大学生だった彼の第一印象は〝めっちゃ大人なイケメン！〟だった。

ひまわりのように高い背も、滑らかな低い声も、優しい微笑《ほほえ》みも、周りにいる同い年の男子とはまったく違う。子供の私にとっては、大学生でもとても落ち着いた大人の男性に見えたのだ。

別世界の人種のような彼を、私はただただ見つめていた。きっとこのときに、初めて〝目を奪われる〟体験をしたのだろう。

その直後に、まさかお母さんの彼氏⁉と早とちりをし、子供ながらにドキッとしたことを覚えている。

実際には、彼は母が働いていた定食屋によく来ていた常連客で、就職先が決まったのを機にたまたま同じアパートに引っ越してきただけだったのだが。

謎のイケメンさんは、上体を屈めて私と目線を合わせると、顔の横で片手をパーにして、ゆるりと口角を上げる。

「杏華ちゃーん、元気？　尚お兄さんだよ～」

予想とだいぶ違った自己紹介に、私は一瞬目が点になり、直後に吹き出した。

まるでちびっこ向けの教育番組に出てくるお兄さんのように、けれどやる気のなさそうな緩い口調で挨拶してきたんだもの。そりゃあ笑うよね。

男らしく寡黙そうな印象である反面、ちょっぴり大雑把で面白いギャップも持っていて。おかしな挨拶をして私の警戒心を解いたあと、「よろしくな」と言って私の頭をくしゃくしゃと撫《な》でる彼は、やっぱりカッコいい人だった。

そんな彼を〝尚くん〟、私を〝キョウ〟とお互いに呼び始めるのに、長い時間はかからなかった。

お人好しの母がときどき料理を差し入れすると、そのお礼にと、尚くんが私たち親子を食事に誘ってくれて。

そのうち、母がいないときは尚くんの部屋に遊びに行ったり、空いた時間に勉強を教えてもらったりするようになって、親戚のお兄ちゃんみたいに慕っていた。

尚くんも、実家は四国にあってなかなか帰れないため、「ここが今の俺のホームだな」と、私たちの部屋で安心しきった様子で言っていたっけ。

彼は自分の部屋の整理整頓はやりたがらなかったが、人の面倒見はよかった。自分の友達や同僚はもちろん、私や母、知らない子供にも、分け隔てなく接することができる人。

顔に似合わないオヤジギャグや面白い発言で周りを笑わせたかと思えば、真剣な表情で家でもデザイン関連の作業をしていたりする。

仕事には熱心に取り組み、向上心をなくすことなく、努力を惜しまない。そういう部分を自分ではまったくすごいと思っていないところも、私は今も尊敬している。

尚くんが信頼できる人だからこそ、私も母も本当の家族同然に接し、和やかで楽しい生活を送っていた。

そのまま私は成長し、熱心な家庭教師もどきの久礼先生のおかげで、高校受験も無事成功。

尚くんに合格したことを報告すると、「やったな、キョウ!」と、とても喜んでくれたのはいいが、彼は感極まったのか、ぎゅうっとハグをかましてきたのだ。

一応、年頃の女子だし、男性に抱きしめられた経験なんて皆無だったから、私は結構動揺した。心臓が縄跳びしているかのごとく跳ねたのも、初めてだった気がする。

一方、彼はまったく意識していない様子で、私を妹同然に思っているであろうことは明らかだった。

それを自覚した途端、一瞬にして胸が苦しくなったのはなぜなのか。あのときの私にはまだ理解できなかった。

高校生になったら彼氏を作って、放課後デートをしたい。そんな憧れがずっとあったので、張り切って高校生活を送り始めたものの、いつまで経っても好きな人ができることはなかった。

なんとなく気になるクラスメイトや先輩がいても、楽しく話せたらそれで満足してしまう。いつの間にか尚くんを基準にするようになっていたらしく、彼以上に一緒にいたいと思える人でなければダメだったのだ。

一方の尚くんは、私の前ではほとんど色恋の話はしなかったが、私が高校二年生のとき、彼が女の人とふたりで街を歩いているのを偶然見かけたことがある。

きっと彼女に違いない。当然いるよね、外見も中身もあんなに素敵な人なんだもの。

それに、このとき彼は前社長が退任して、その座に就いた頃だった。完璧な若社長様を、世の女性が放っておくはずがない。

そう充分に納得できるのに認めたくない。矛盾した、もやもやとしたものを抱えながらも、私はその理由にもまだ気づくことはなく、彼とはいつも通り仲良く擬似兄妹の関係を続けていた。

ああ、私の青春はなにもないまま終わるのか……と、諦めかけていた去年の高校三年生の夏。〝いつも通り〟は突然終わりを告げることになる。

母が、亡くなったのだ。職場から帰宅する最中、交通事故に巻き込まれて。

尚くんが「たまたま仕事が早く終わったから」と、私たちが食べたいと言っていた有名パティシエのケーキを持ってうちに来たとき、ちょうど電話がかかってきたところまでは覚えている。

それから彼と一緒に病院に駆けつけ、心臓が止まった母と対面したのだが、あまり記憶がない。そのあとの葬儀のことも、ぼんやりとしか思い出せない。

ただ、まったく身寄りがなくなってしまった私のために、尚くんがすべてのサポートをしてくれたことは確かだ。

葬儀が終わっても母が死んだ実感はなかったが、食事や勉強だけでなく、笑うことや泣くことさえも忘れたかのごとく、私はただ息をするだけ。

しかも、昼間は連日の猛暑。そんな状態でまともにいられるわけもなく、軽い熱中症になり、数日で倒れた。

毎日私の様子を見に来ていた尚くんのおかげで、すぐに病院に連れていってもらえたため、回復は早かったけれど、心が癒えることはない。

病院からの帰り道も抜け殻状態で、ぬるい風がまとわりつく夜空の下をとぼとぼと歩いていた。どこか遠くのほうから花火の音が聞こえてきたが、そんなことはどうでもよかった。

アパートの近くの誰もいない公園に差しかかったとき、黙って隣を歩いていた尚くんが「キョウ」と呼ぶ。

「結婚しないか、俺と」

次いで聞こえてきた、あまりにも突拍子のないひとことに驚き、私は数日間、下に向けてばかりだった顔をパッと上げた。

花火も星も見えない夜空をバックに、彼は仕事のときとはまた違う真剣さを露《あら》わにして私を見下ろしている。

「お前をひとりにはさせておけない。これからもっと、ずっと俺がそばにいてやる」

壊れそうだった私の心をすごい速さで修復していくみたいな、力強い言葉を口にする彼は、すでに決心しているようだった。

隣同士の部屋を同じにすればいいだけだし、私を進学させ、養っていく程度の金銭的余裕もある。しかし、未成年の私にそういう援助をしたり、一緒に暮らしたりすることは、周囲から淫行だの援交だのと疑われかねない。

ならば、いっそ結婚してしまえ、と考えたというのだ。

確かに筋は通っている。でも、私をひとりにさせないためだけに尚くんの人生まで変えてしまうことになるのは到底納得できず、私は思いっきり首を横に振った。

私がしっかりしないから、彼にこんなことを言わせてしまっているのだ。

「ダメだよ、私のために結婚なんて！　ごめんね、私、ちゃんとするから。もう尚くんに迷惑かけないように――」

「かけていいんだよ。キョウと会ってからの数年間、迷惑だと思ったことはないからな。じゃなきゃ、厄介な年頃の乙女の面倒なんか見るわけねえだろ」

必死に説得しようとしたのに、彼があっけらかんと笑うので、私は拍子抜けして口をつぐんだ。

尚くんは私と真正面から向き合い、再び真剣な眼差《まなざ》しをまっすぐ向けてくる。

「お前は本当に離れられんのか？　俺から。俺にとっては、キョウもおばさんも家族同然で、ふたり共いない生活は考えられなくなってるが」

そう言われて、目を見張った。

尚くんがいない生活……それを想像したこともなかったし、したくもない。でも、彼を頼らないで生きていくというのは、そういうことなのだ。

私にはそこまでの勇気はなくて。私たちを心底大切に思ってくれているらしい彼に、寄りかかりたい気持ちのほうが強かった。

「……本気なの？　彼女、いるんじゃないの？　結婚したら、尚くん、もう遊べなくなっちゃうよ」

眉を下げて心配する私に、尚くんは若干の嘲笑交じりの優しい笑みをこぼす。

「今は彼女いないし、女との遊び方もとっくに忘れたよ。キョウの世話してるほうが楽しいことに気づいてからはな」

彼はなにげない調子でそう口にしたが、まるでどの女性よりも私が一番だと言われていると錯覚しそうで、ぐらぐらと胸を揺らされた。

これまでの尚くんの言葉は、どれも恋愛的な意味ではない。〝世話〟と表現する時点で、女に見られていないのは明らかだ。

それなのに、勘違いしてしまいそうなほど甘く、特別なものに感じて、疲弊していた心がみるみる癒やされていく。

本当に、いいの？　まだまだ長いあなたの人生に、一緒にい続けるのが私なんかで……。

心の中で問いかけ続けていると、私の両腕が優しく掴まれた。瞳には、雲間から淡い光を覗かせた月と、彼の頼もしくて美しい顔が映る。

「だから、これからも遠慮なく俺に甘えろ。今も泣きたいだけ泣けばいい。おばさんの分まで、俺がお前を支えてやりたいんだ」

──たぶん、真摯な声が胸に沁《し》み込んだその瞬間に、やっと母がいなくなったことを実感したのだと思う。

堰《せき》を切ったように大粒の涙が溢れて、小さな子供みたいに声を上げて泣いた。尚くんは、しゃくり上げる私をそっと胸に引き寄せて、ひたすら抱きしめていた。

人並みではない結婚をして、私たちが幸せになれるのかはわからない。ただ、心地いい胸の中で、全身に伝わってくる夏の音を聞いて思ったんだ。

今は遠くで音を響かせているだけの花火を、この人と一緒に見たい。

いつもの部屋の風景も、まだ目にしたことのない景色もふたりで見たいし、いつまでもこの腕のぬくもりを感じさせてほしい。

きっと、これもひとつの〝愛〟なんだ──って。

＊　＊　＊

新聞の間に挟まっていた花火大会の折込チラシを手にして、私は十一ヵ月前のことを思い出していた。ここまであっという間だったから、まるで昨日のことのようだ。

時刻は夜の八時。もうすぐ帰ってくる尚くんのために、夕飯はバッチリできている。

花火の時期になったら、きっと何年経っても毎年思い出すんだろう。母のことはもちろん、唐突なプロポーズをされた日のことも。

あれから数日後、私たちは本当に夫婦になり、私が高校を卒業してからはこのマンションへと引っ越した。ふたりで悠々と暮らせる２ＬＤＫで、ホテルライクな雰囲気の部屋は尚くんのセンスが光っている。

彼のご両親には電話で報告をしたものの、私の受験や新生活の準備でバタバタしていたため、まだ会いに行くことはできていない。

未成年と結婚だなんて、きっと反対されるだろう。そう覚悟していたのに、『結婚すると決めたなら、杏華さんを一生守りなさい』と尚くんが忠告されただけで、案外すんなりと許されたのだ。

むしろ尚くんが男兄弟のせいか、『娘ができる！』と意外にも喜んでいた。さすがは尚くんのご両親だ。心が広い。

もうすぐ夏休みだし、その間に挨拶をしに行きたいなと考えていると、玄関の鍵とドアが開く音がしたので、私はチラシをローテーブルに置いて旦那様を迎える。

リビングダイニングに入ってきた彼は、私を見て気を許した笑みを浮かべた。

「ただいま」

「おかえりなさい」

毎日このやり取りができることが、些細な幸せ。でも普通の新婚さんなら〝おかえりなさいのキス〟をしたりするんだろうな……羨ましい。

尚くんはソファにバッグを置き、朝と同様、気だるげにネクタイを緩める。社長の顔からプライベートモードに変わっていく彼に、私はペニンシュラキッチンに向かいながら声をかける。

「打ち合わせ、お疲れさま。先にシャワー浴びる？」

「いや、あとでいいよ。それより……」

味噌汁《みそしる》を温めるために小鍋と向き合っていると、彼の声と気配が後ろに近づいてきた。振り返ろうとした瞬間、私を囲うように背後から調理台に両手を突かれる。急に接近されてドキッとし、心臓と肩が軽く跳ねた。

首元のボタンを外したセクシーな尚くんは、なにかを探ろうとする目で、私の顔を覗き込む。

「まずは、朝のことを教えてもらわないと」

じっと見据えて言われ、そうでした！と、はっとする。帰ったら、今朝私がひと足早く出た理由を話そうと思っていたのに、肝心なことを忘れていたわ。

ＩＨの火力を弱めて、くるりと後ろを向く。そしてキリッとした顔を作り、彼をじっと見上げて口を開いた。

「健康診断の結果を頂戴しました。尚くん、ずっと持ってこないから。封を開けてさえいないって、どういうこと」

「あー。そういえば、そんなもんあったな」

とっても呑気《のんき》かつ適当な調子で答えるので、私はむっと仏頂面になる。

旦那様の健康に気を配るのも、妻の大事な役目だろう。尚くんは夜型の生活になりがちだし、お酒も好きだ。身体に異常はないか確認したいのに、催促してもいつも忘れてくるものだから、私が直接持ってきてしまおうと思ったのだ。

尚くんにとってはたいしたことじゃなくても、私にとっては重要なことなのよ。

眉根を寄せる私を見て若干ひるんだ彼は、ばつが悪そうに頭を掻き、歯切れの悪い声で返してくる。

「いや、もし悪いとこがあったら見せたくねえなと思ってて、そのまま忘れてたんだ」

「見てください、今」

「……はい」

私が仏頂面を崩さず食い気味で返すと、彼は調理台に突いた手をゆっくり離し、素直に返事をした。いい年した大人なのに私に弱い彼は、ちょっと子供っぽくて可愛いから憎めない。

……なんて思ってしまう自分は何様なのだ。……あ、奥様か。

彼の妻としての自覚を持とうとしている反面、まだお隣さんだった頃の感覚が抜けないので、ふいに自分が妻だということを忘れるときがある。

やっぱり私たちは〝夫婦〟と呼ぶには未熟なんだよなぁ……。

内心情けなくなるも、リビングに向かい、自分のバッグの中に入れっぱなしだった封筒を取り出した。それを持ってキッチンに戻り、尚くんが開けるのを隣で見守る。

「おお、どこも異常なし。優秀じゃねーか」

ざっと目を通した彼が自分に感心した調子で言うので、用紙を受け取ってよくよく見てみる。評価の欄には意外にもAが並んでいて、私は目を丸くした。

「本当だ、すごい」

「毎日キョウが栄養バランス考えて、うまい飯を作ってくれてるからだな。さすがは俺の嫁」

誇らしげに笑い、ぐいっと肩を抱かれたら、悪い気分にはならない。つい口元が緩んじゃう。

……が、うまい言葉にほだされていないで釘《くぎ》を刺しておかねばと、再び表情を引きしめて彼を見上げる。

「今回はよくても、いつどうなるかわからないし、これからはちゃんとチェックしなきゃダメだよ。もうひとりの身体じゃないんだから」

そう言った直後、ピクリと反応した尚くんはなぜか真顔になり、私のお腹に手を当てる仕草をする。そして、ひとこと。

「キョウ、まさか……できたのか」

「ちっがーう！」

〝ひとりの身体じゃない〟っていうのは、私じゃなくて尚くんのこと！　ていうか、〝できる〟ようなこと、してないでしょうが！

沸騰しそうなくらい顔を熱くして怒る私をものともせず、ふざけてケラケラと笑う彼に脱力した。まあ、私の言い方にもだいぶ語弊があったか……。

赤くなっているだろう顔がなかなかもとに戻らないことを自覚しつつ、「私が言いたかったのは」と訂正する。

「尚くんはもうひとりじゃないんだよ、ってこと。……もしも尚くんにまでなにかあったら、私は今度こそ生きていられない」

最後のほうは声が弱くなり、自然に目線を落としていた。

大丈夫だと思っていても、人の命に絶対はない。明日も当たり前にいると信じて疑わなかった大切な人が、呆気《あっけ》なくいなくなることがあると、私はよく知っている。尚くんにだってなにがあるかわからないのだから、心配性になるのも許してほしい。

ダークグレーのスラックスをぼんやりと目に映していると、頭に優しい手の重みとぬくもりを感じた。目線を上げれば、今の私にとってなによりも大切な彼が眉を下げて微笑んでいる。

「……そうだな、ごめん。お前のために、元気でいないとな」

彼は私の気持ちをすべて悟ったのだろう。私は欲しい言葉をもらえて、安堵《あんど》して微笑み返した。

たぶん、自分はこういうところが面倒くさい女だと思う。それなのに、結婚までして寄り添っていてくれるこの人には、一生かかっても感謝しきれない。

とりあえず妻の役目を果たすことで恩返しをしていこうと、話が一段落したところで夕飯の準備を再開しようとしたとき、尚くんが「でも」と話を続ける。

「お前の生き甲斐になるものを残しておけば、万が一、俺になにかあったときにも生きていけると思うぞ」

「生き甲斐？」

なんだろう、と小首を傾《かし》げる私に、彼はなぜか顔を近づけ、耳元で囁く。

「俺たちの子供」

……子供？　私と、尚くんの？

確かに自分の子がいれば、どんなにつらくてもその子を守っていくために生きていく力は湧くのだろうけれど、子孫を残すってことは、つまり。

突如、頭の中に破廉恥な妄想がぽわんと浮かび上がり、目を見開く。

「えっ⁉」

「キョウにはいろんなことを教えてきたけど、さすがに子作りの方法はまだだったから……」

尚くんはぶつぶつとそんなことを口にすると、ぐっと私の腰を抱き寄せ、さらにもう片方の手を頬に添えてきた。

されるがままで瞠目《どうもく》する私の瞳に、獣を思わせる男らしさと色気を交じり合わせた笑みを浮かべる彼が映る。

「教えてやろうか。まずは、大人のキスから」

耽美《たんび》な声が鼓膜を揺らし、親指で唇をなぞられ、心臓が猛スピードで動き始める。

ちょ、ちょっと。急になに言ってんの、尚くん‼ からかわれているだけだとしても、いきなり〝男〟の顔をされると、どうしたらいいかわからない！

内心あたふたしまくっていたそのとき、激しい鼓動の音に交ざって、ぐつぐつと鳴る音が聞こえてきて、はっとする。

「あっ、お味噌汁！」

火をつけたままだったことを思い出し、私は持っていた健康診断の用紙を、尚くんの顔にバシッ！と押しつけてしまった。ほぼ無意識に。

「うぐ」と、くぐもった声が聞こえたものの、その隙に逃げるべく彼の腕の中から抜け出し、慌ててスイッチを切った。

はあ、煮立たせちゃった……私の胸も、煮えたぎるくらいドキドキしているよ……。なんであんなふうに甘く迫ってきたりするの。

困りきった顔で、ちらりと斜め後ろを振り返れば、用紙を持った彼がしたり顔で笑っている。またからかっているんだ。悔しい。

「へっ、へ、変な冗談はやめて、早くご飯にしよ、ご飯！」

くしゃみでも出るのか、と自分にツッコみたい。動揺を露わにしすぎだって。

一度は収まったのに、また熱くなる顔を背けて手を動かす。わかりやすい反応をする私の耳に、尚くんのクスッと漏らした笑いと、「キョウにこの話はまだ早かったか」というひとりごとが届く。

茶化しているだけだとしても、子供扱いされていると感じるのは否めなくて、胸にチクリとしたかすかな痛みを覚えた。

〝女として見てもらう〟目標が、また遠のいちゃったかな。

今の私は、ただひとりになりたくないだけでプロポーズを受け入れたあのときとは違う。まだ一年足らずだけど、ちょっとは成長したんだよ。

同じ会社で働き始めて、尚くんの仕事のことも、社会の厳しさも少しずつわかってきた。

それに、ふたりで生活しているうちに痛いほど自覚した。ずっと前から、私はあなたに恋をしていたんだって。

だから、いきなりでびっくりしただけで、子供の話だって本当は嬉《うれ》しい。将来は尚くんと、世間一般と同じ幸せな家庭を築いていきたいから。

そんな愛に溢れた未来が、いつか私たちにも訪れるんだろうか。

ぼんやりと考えながら、甘辛く煮た豚の角煮を皿に盛ってダイニングテーブルに運ぶと、さっき私が見ていた花火大会のチラシを眺める尚くんの姿に気づいた。

彼もこちらに目線を移し、柔らかな笑みを浮かべる。

「花火、今年はふたりで見に行こうな」

当たり前のように口にされたひとことで、胸がふわりと温かくなった。

……あの日、花火の音を聞いて思った〝この人と一緒に見たい〟という願いは、望み通り叶《かな》えられそうだ。それがどれだけ幸せなことか。

あの夜に感じた気持ちと、今ある幸せを改めて噛《か》みしめ、私は明るい笑顔で「うん」と頷《うなず》いた。

不機嫌な理由は100％××

尚くんと結婚する際、心に誓ったことがある。それは〝彼に好きな人ができたら、潔く離婚しよう〟ということ。

『女との遊び方もとっくに忘れた』と言っていたとはいえ、本気で愛する女性がいつ現れるかわからない。私はそういう対象ではないのだから。

尚くんは、まだ独り立ちできない私を支えるために、家族になろうとしてくれているだけ。彼のことを縛ってはいけない。

だからそうなったときのために、私は早く自立することを目標に頑張ろう。勉強に励み、彼に甘えてばかりいないでバイトも始め、家事もこなそうと決めたのだ。

その努力は、現在も進行中なのに。

「尚くん、朝だよ！　起きてー」

創立記念日から二週間ほど経った今日も、私は時間になっても眠りこけている旦那様を揺すっていて。こういうふたりで過ごす平穏な日々が、一生続いてほしいと強く願っている。

こんな調子で離婚なんて、百パーセントできそうにない。

ふとしたときに苦しい気持ちが込み上げるけれど、今は考えても仕方のないこと。

この無防備な社長さんを起こすことが最優先だ。

彼はだいたいお寝坊さんなので、私が彼の寝室にお邪魔して起こしている。カーテンを開けた窓から差し込む光に助けてもらい、まだ起きようとしない彼に大きな声で呼びかける。

「おーい、遅刻するよ～！」

「んんー……ったく……」

尚くんは乱れた髪がかかる綺麗な顔を迷惑そうに歪《ゆが》め、うっすらと瞳を開けた。

やっと起き上がるかと思いきや、彼の手がこちらに伸びてきて私の腕を引っ張る。

なんとそのままベッドへと引き込まれ、私は抱き枕になったかのごとくホールドされた。

「ひゃあ!?　なにして……っ！」

「うるさい目覚ましを止めるだけ」

眠そうなかすれた声が頭の上で響き、頬をくっつけた胸は穏やかな呼吸を感じる。

〝うるさい目覚まし〟呼ばわりされているのにドキドキが止まらなくて、朝から心臓に悪い。

でも、尚くんの腕の中はとても心地よくて、私までこうしていたくなる。

簡単に黙らされちゃったけど、起きたなら、まあいいか。

「ぐー……」

「寝るな！」

安堵した途端に再び寝息が聞こえてきたので、私は慌てて上体を起こし、彼の身体を揺するのを再開した。

まったくこの人は、私がどれだけ翻弄されていると思っているのか。……とはいえ、それも愛《いと》おしいから、結局許してしまうのだ。

なんとか尚くんを覚醒させ、ダイニングテーブルに連れてきたあと、彼が好きなブラックコーヒーを淹《い》れて向かいの席に座る。お互いの時間が合う日は、ふたりそろって朝食を食べるのがお決まりだ。

私は先日、専門学校が夏季休暇に突入し、当然課題はあるものの普段よりは時間に余裕ができたため、週三日はバイトに入ることにしている。丸一日働いたときはかなりやり甲斐を感じるし、デザイン会社での経験を積めるのはとても有意義だ。

尚くんと一緒に働けるのも嬉しいし……という不純な動機もあります。正直。

今日も一日通して働くことになっていて、泉さんと一緒にランチをしようと約束している。

一階のカフェラテ、今日はテイクアウトしちゃおうかな。

ちょっぴり社会人になった気分で、ワクワクしてクロワッサンをかじった。

早々と食べ終えた尚くんは、コーヒー片手に新聞を眺めながらひとりごとのように言う。

「あ、そういや今日からだったか。新しいデザイナーが入ってくるの」

それを聞いて私も思い出した。先日面接をした男性がいたらしいことを。

ネージュ・バリエにデザインを依頼したいクライアントは増え続けており、デザイナーの人員を補充することにしたそうだ。

私も将来はデザイナーになるべく修業中なので、雑用以外にもデザイン制作の仕方を教えてもらっている。それが多忙な皆の負担になっていないかと心配していたから、新しい人が来るのはありがたい。

「皆、これで少しは楽になるといいね」

「どうかな。即戦力になりそうなやつを選んだつもりだが、まずはうちの会社に慣れるかどうかが問題だ」

尚くんは冷静に言い、コーヒーを啜《すす》った。

確かに、まず職場の環境に慣れるのが大事なんだろうけど、あのアットホームな会社なら心配はいらないはず。

「その男の人、二十四歳なんでしょ？　泉さんが『同い年、嬉しい！』って喜んでたし、サポートしてくれると思うよ。私も仲良くなりたいな」

社員は二十代後半から三十代の人がほとんどのため、私と一番年が近いのは泉さんだ。バイトは私だけだし。

皆よくしてくれているとはいえ、話が合うのは年が近い人だから、そういう存在が増えるのは私も嬉しい。緩ませた口に、コーンポタージュをすくったスプーンを近づけた。

そのとき、ゴトリとマグカップを置く音と、「キョウ」と真剣に呼ぶ声がして、私は一旦動きを止めた。

目線を尚くんに向ければ、彼はなぜか険しい表情で私をじっと見据え、口を開く。

「お前は可愛い。四十八人のアイドルの真ん中にいても、まったく違和感がないくらい可愛い」

「は？」

突然なんら関係のない、しかも表情とまったく合っていない言葉が飛び出し、私は間抜けな声を漏らした。

尚くんは硬い顔をしたまま続ける。

「そのことを自覚しておいてくれ。くれぐれも、新入りに近づきすぎるなよ」

そう言った彼はテーブルの上に畳んだ新聞を置き、腰を上げて洗面所のほうへ向かっていった。

ひとり残された私は、ぽかんとして彼の言葉の意味を考える。

どうして新人さんに近づいちゃいけないんだろう？　バイトの身なんだから、おしゃべりしていないで真面目にやれっていう忠告かな。

それか、まさか……独占欲の表れ？

一瞬、自惚《うぬぼ》れた考えが浮かんだものの、きっと違うだろうとすぐに思い直す。これまで男性との接し方を制限されたことはないもの。

おそらく前者が正解だなと結論づけた私は、今日もしっかり仕事をこなそうと気を引きしめて、残りのクロワッサンを口に放り込んだ。

出勤時間はほぼ同じにもかかわらず、私たちの関係を悟られないために、私は電車で、尚くんは車でネージュ・バリエに向かった。

学校までは、ごくたまに車で送迎してもらうときもあるが、甘えてばかりいたくないので、基本は自分で移動することにしている。心配性の尚くんは送迎したいみたいだけど。

皆で日課の掃除をした今、中途で入ってきたデザイナーさんの紹介が行われている。ミーティングテーブルの誕生日席の前で、尚くんの隣に立つのがその人だ。

チョコレート色のやや長めなマッシュヘアと中性的な顔立ちで、人懐っこそうな男性が、私たちに向かって頭を下げる。

「はじめまして。冴木《さえき》柊斗《しゅうと》です」

可愛い系イケメンの冴木さんは、アヒルのように口角を上げて挨拶をした。とても愛想がよく、モードな私服もバッチリ着こなしていてオシャレな印象だ。

「広告代理店で三年働いていたらしいから、頼もしい仲間になることを期待している。皆、よろしくな」

尚くんは冴木さんの肩を軽くポンと叩いて、皆に声を投げかけた。私たちは快い返事をする。

さらに、彼はこんなことを付け足す。

「特に泉は同い年の社員が来るのを楽しみにしてたんだろ？　仲良くしてやってくれ」

「え。私、それ社長に言いましたっけ」

急に矛先を向けられて、泉さんはぽかんとしている。

尚くんは「風の噂《うわさ》だ」と適当なことを言っているけれど、私から仕入れた情報をあっさり口にしないでほしい……。

人知れず社長様にじろりと視線を向けていると、彼に促された冴木さんがこちらにやってくる。そして私の右隣に座る泉さんの、さらに隣の席に着いた。

泉さんはにこりと笑みを浮かべ、気さくに彼に話しかける。

「泉です、よろしく。私と同い年で三年働いたってことは、専門卒ですか？」

「そうです。芦萱《あしがや》デザイン専門学校に通ってました」

えっ、芦萱？　まさに今、私が通っている学校じゃない！

冴木さんの口から馴染みのある学校名が飛び出したので、私は目を丸くした。

尚くん、なんで教えてくれなかったのよ⁉

驚きと少しの疑問を抱く私。泉さんも、もちろんこのことを知っているので、私の肩を抱いて明るい声を上げる。

「へ～、キョウちゃんと一緒だ！　この子、芦萱に通ってる現役専門学校生なのよ」

「はい。グラフィックデザイン科一年の野々宮です」

流れに便乗して私も挨拶をすると、冴木さんは犬みたいに愛らしい瞳で私を捉え、口角の上がった唇を開く。

「そうなんだ。グラフィックってことは〝NIKKO《ニッコー》〟の授業があるでしょ」

「あります、あります！」

またまたよく知っている名前が出され、私は明るく笑って頷いた。

NIKKOとは、色彩構成を教えている日光《にっこう》先生のこと。ごついオネエ系でインパクトのありすぎる講師で、学生皆から親しまれている。

さすがNIKKO先生。卒業生も覚えているくらい、以前から有名だったのね。共通の話題があって嬉しい。

おかしくてクスクスと笑っていると、冴木さんもすでに打ち解けた笑みを浮かべる。

「これからよろしく、泉さんに野々宮さん。仲良くしてね」

彼は私たちを交互に見て、改めて挨拶をした。

ああ、この人すごくモテるだろうな。顔立ちも醸し出す雰囲気も、少年っぽさが残る可愛らしさがあるし、とても人懐っこい性格のようだし。女子を惹《ひ》きつける魅力を持っていらっしゃる。

私たちのほんわかしたやり取りを眺めていた最年長のおじ様エンジニアが、微笑ましげに「フレッシュだねぇ。若いっていいねぇ」なんて言っている。

冴木さんを交えて、皆でほんの一時楽しく雑談していると、私はふと視線を感じてなにげなく振り向いた。その先になぜか、じとっとした目でこちらを見ている尚くんがいてギョッとする。

な、なに⁉ 私、なにもしていないよね？

ひとり戸惑っていると、尚くんの斜め前に座る人気デザイナーの加々美さんもそれに気づいたらしく、ボソッと声をかける。

「社長、思いっきり目が据わってますよ」

「……気のせいだ」

確実に気のせいじゃないのに否定するから、加々美さんは呆れたように半笑いしていた。

加々美さんはなんとなく理由をわかっているっぽいけれど、私には謎だ。いったいなにが気に食わなかったんだろう。

首を傾げるも、尚くんは一度咳払《せきばら》いをして気を取り直したらしく、次の用件を話し始める。

「冴木は実務経験があるから、さっそくチームに加わってもらうつもりなんだが、いいか？」

その問いかけに冴木さんはしっかりと頷き、「お願いします」と了承した。それを確認した尚くんは、資料を片手に仕事を割り振っていく。

「俺が受けた新規案件がふたつあるんだ。まず、新しい菓子商品のロゴとパッケージがひとつ。もうひとつは『ダンジョン』っていうレストランのサイトで——」

「ダンジョン⁉」

話の途中で、驚愕《きょうがく》した調子の声が割り込んできた。

誰が発したのかと周りを見回せば、向かいに座る鬼頭さんが、眼鏡の奥の瞳をこれでもかというくらい開き、テーブルに身を乗り出している。意外や意外、声の主は彼女だったらしい。

いつも無表情で、言い方は悪いがアンドロイドのような彼女が、こんなに感情を露わにするのを目の当たりにしたのは初めて。おそらく他の皆もほとんど見たことがないのだろう。唖然《あぜん》としている。

「本当ですか、社長⁉」

「あ、ああ……本当です」

鬼頭さんの勢いに、さすがの尚くんも瞠目している。なぜか敬語になっているし。

彼女はわずかに頬を紅潮させ、顎の下で手を組むお祈りポーズで、興奮気味に語り始める。

「ダンジョンとは、昔懐かしいテレビゲームの世界をイメージしたレストランです。暗い店内にはモンスターの人形がそこかしこに置いてあり、特典でコインをゲットできたりして、気分はまるで土管に入ったかのよう！　私、こう見えてゲームが大好きで、このレストランにも足繁く通っておりまして……」

つらつらと語り、オタクっぷりを発揮する鬼頭さんに皆が呆気に取られている中、私はピクリと反応した。実は私も、友達とそのレストランに行ったことがあるから。

数ヵ月前にできたばかりで、世間的な認知度はまだ高くなさそうだが、若い人を中心に口コミで広がっている印象を受ける。親友に『面白いレストランができたらしいよ！』と誘われて行ってみたら、非日常な世界観がとっても楽しかったのだ。

鬼頭さんがかなりのゲーム好きで、お気に入りの店がそこだったとは驚きだけれど、初めて話題を共有できそうでテンションが上がる。

「私も行ったことがあります。面白いお店ですよね」

「でしょ⁉」

片手を上げてさっそく話に乗っかると、鬼頭さんはバッとこちらを向いた。瞳がキラキラと輝いている。

私たち以外は静まってぽかんとしている中、冴木さんも口を開く。

「俺も行きましたよ。スーファミも好きなので」

「本当⁉ あなたの神ゲーは？」

「断然〝スーパーオレオ〟ですね」

「同志っ！」

彼女は勢いよく腰を上げ、テーブルにさらに身を乗り出して、彼の手を両手でがしっと握った。キャラが一変している……。

まさかあの鬼頭さんがゲーマーだったとは。人は見かけによらないんだな、とつづく思うが、素をひとつ知ることができて嬉しくもある。

呑気に笑っていると、彼女は冴木さんの手を握った状態で、尚くんのほうにくるりと顔を向けた。眼鏡を輝かせ、無表情に真剣さをプラスした顔で、力強く言う。

「社長。冴木さんと野々宮さん、お貸しいただけませんか？ その案件、ぜひ私たちに担当させてください」

「へ？」

思わぬ発言に、私は目を点にして間抜けな声を漏らした。

私もチームの一員に……？　単なるバイトで、まだまだ基礎を教えてもらっている状態なのに、いいんですか⁉

驚きと戸惑いでどぎまぎしていると、鬼頭さんはしっかりとした口調で自分の意見を述べる。

「一度でも実際にレストランに行ったことがある人間が携わったほうが、いいイメージが湧いてくるはずです。もちろんデザインも逐一確認していただきますし、問題は起こさせません」

きっぱり言いきる彼女に、真剣な眼差しを向けていた尚くんは、腕を組んでやや思案する。

「俺も、鬼頭の熱ーい思いはよくわかったから、お前らに任せてもいいとは思う。でも、冴木はここへ来て初めての案件だし、野々宮は殻からくちばしだけ出したひよっこだし、鬼頭の負担が増えるぞ」

「大丈夫です。ふたりまとめて私が面倒を見ます。冴木さんの技量を把握するのはこれからですが、野々宮さんは覚えもいいですし、なによりやる気を感じられます。実践しながら教えたほうが、より力が身につくかと」

懸念する尚くんに向けて彼女が放った言葉は、私の胸にまで届き、じんわりと温かくなった。

鬼頭さん、私のことなんか無関心だろうと思っていたのに、そんなふうに見てくれていたなんて。なんだか心が奮い立たせられる。

小さな感動を覚えて、じんとしていると、尚くんはひと呼吸置いて納得したように頷いた。

「……わかった。俺も手助けできるところはするから、とりあえずやってみるか」

「ありがとうございます！」

意見が認められ、鬼頭さんは表情を明るくして頭を下げる。生き生きとした彼女の姿には、素直に協力したいと思わされた。

私たちのチームにはエンジニアの社員もふたり追加され、無事に話がまとまった。

会議が終わった直後、鬼頭さんがテーブルを回ってこちらにやってきた。先ほどの情熱は影を潜め、いつもの無愛想なアンドロイド状態に戻っている。

彼女は座っている私たちの後ろ側に立ち、背筋を伸ばして綺麗なお辞儀をする。

「先ほどは取り乱しました。おふたり共、勝手に引き込んでしまい申し訳ありません」

「いえ、尽力します」

すぐに答えた冴木さんに続き、私も「むしろ光栄です」と快く返した。すると、彼女の唇が安堵したようにゆるりと弧を描く。

あ……笑った。私の前では、少なくとも初めて。こうして見れば、鬼頭さんって目鼻立ちが整っていて、結構な美人さんじゃないですか。

彼女の魅力を発見して、なぜか胸がキュンとする。

「今回のサイトで、さらにダンジョンの魅力を伝えていきましょう。よろしくお願いします」

彼女の声には頼もしさを感じる。私も改めて精いっぱい取り組む決心をして、冴木さん共々、「よろしくお願いします」と頭を下げた。

鬼頭さんは、さっそくクライアントとの打ち合わせの日程決めに入るために去っていき、私たちも席を立つ。同時に、私と冴木さんに挟まれている泉さんが、幻を見ているかのような顔をして口を開く。

「鬼頭さんの印象が、オセロをひっくり返したくらい変わったわ……。キョウちゃんのこともチェックしてくれてたのは嬉しいね。事務のほうは私に任せて、心置きなく頑張って」

明るく応援する彼女に、私も笑顔で「ありがとうございます」とお礼を言った。ただ、やっぱり少しの不安はくすぶっている。

「もちろん一生懸命やりますし、自分も関われることは嬉しいんですけど、足手まといにならないか心配です」

「俺もここでは新人だし、同じだよ。一緒に頑張ろ」

弱気な私を励ますのは冴木さんだ。「ね」と微笑みかけるので、いい意味でその緩さに癒やされる。

そうか、初めてなのは私だけじゃないもんね。

冴木さんのひとことを心強く感じていると、彼をじっと観察していた泉さんが突然、大胆な問いかけをする。

「ねえ。冴木くんって、男の人が好きだったりする?」

「なんで。初対面の相手に向かってすごいこと言うね、泉ちゃん」

微妙な顔になる冴木さんは、彼女に物申しながらもさっそくフレンドリーに呼んでいた。

まあ確かに、顔も雰囲気も中性的だから、泉さんがそう聞きたくなるのもわからなくはないかも。

すでに打ち解けている同い年のふたりに笑っていると、冴木さんはおもむろに私の横にやってくる。

「俺は女の子にしか興味ないです。キョウちゃんみたいな子がタイプ」

「……え⁉」

その発言に少々驚いて、身長百七十センチとちょっとくらいの彼を振り仰いだ。なにげに私も〝キョウちゃん〟と呼ばれているし。

彼は「外見がね。中身はこれから知っていくから」と補足して、無邪気にクスッと笑う。その直後、教育係となった鬼頭さんにさっそく呼ばれ、颯爽《さっそう》とそちらへ向かっていった。

ぽかんとして見送る私に、同じような顔をしている泉さんが呟く。

「……ありゃ女泣かせだね」

「馴れ馴れしさを感じさせずに、さらっと言えちゃうところがすごいです」

お互いに、うんうんと頷いた。

チャラい感じはしないけど、女子を手玉に取るのが上手そうだな、なんて思う。本人に自覚があるのかどうかはわからないが。

冴木さんについて考察する私たちの斜め後ろのほうで、加々美さんと尚くんがまたなにやら騒いでいる。

「社長！　心配なのはわかりますけど、大事な資料を握りつぶさないでください」

「気のせいだ」

尚くんの声はさっきよりも不機嫌そう。いったいなにを心配しているんだろうか。

社長様のことも気になったものの、とりあえず私も仕事をしなければと意識を切り替え、鬼頭さんのもとへ向かった。


その日の夜、夕飯もお風呂も済ませたあと、ソファに座ってスマホを弄《いじ》っている尚くんの隣に、ちょこんと腰を下ろした。同じシャンプーの香りがふわりと漂う。

小さな幸せに浸っていたとき、レストランを紹介しているテレビ番組の特集が目に入る。今映っているのは、プリンセス気分を味わえるメルヘンチックな店だ。

レストラン繋《つな》がりで今朝のことを思い返していると、尚くんがまさにそれについて話しだす。

「このレストランとダンジョンは系列店なんだぞ。他にもそれぞれ違うコンセプトの店がいくつかある」

「ああ、そうなんだ！　言われてみれば納得」

どちらもかなり個性的で、同じ人が立ち上げたのも頷ける。

尚くんはスマホを操作して、なにやら四十代後半くらいの男性の画像を見せてくる。

「この人が社長。Ｗｅｂ系が苦手らしくて、今までサイトは作ってなかったんだと。

こういうのに疎い人だと、今後の打ち合わせは大変かもな」

「そ、そうなの？　……頑張ります」

釘を刺されてギクリとする私に、尚くんはクスッと笑みをこぼした。

バイトだからと甘えないで、チームの一員として自覚と責任を持って取り組まなければ。そう気を引きしめるも、今朝の彼を思い出したので話を変える。

「そういえば、今朝、なんか機嫌悪そうだったよね？」

率直に聞いてみると、尚くんはピクリと反応して動きが止まった。そして、私を見ずにお決まりのひとことを返す。

「気のせいだろ」

「ううん。だって私のこと、睨《にら》んでたじゃない」

「睨んでない。お前のことはな」

……ん？　それって、矛先は私以外の誰かだったってこと？　まさか尚くん、人間関係でなにか問題があるとかじゃ……。

　軽く心配になった私は、しっかりと身体を向き合わせて真剣に言う。

「ねえ、悩んでることとか、困ってることがあったら遠慮なく言ってね？　頼りないかもしれないけど、私も尚くんの力になりたいっていつも思ってるから」

　尚くんは一瞬キョトンとしたものの、ふっと優しい笑みをこぼした。

「ありがとな。頼りなくなんかないぞ。お前のその気持ちだけで頑張れる」

　そう言われると素直に嬉しい。

　でも、私にはもっと弱みも見せてほしい、というのが本音でもある。たまには私にも甘えてほしいのになって。

　複雑な心境で考え込んでいたとき、私のほっぺが、むにゅっとつままれた。

「渋い顔すんなよ、本当にたいしたことじゃないから。この話はもうおしまい」

「えー」

「さて、俺はひと仕事する」

　口を尖らせて不服さを露わにする私に構わず、彼はスマホをテーブルに置いてノートパソコンを開いた。そして長めの前髪を掻き上げ、黒縁眼鏡をかける。

　尚くんはパソコンで作業をするときだけ眼鏡をかけるのだが、これがまた似合っていてカッコいいのなんの。

それはさておき、この仕事モードになっては仕方ない。今朝の件を問いただすのは諦めるか。

少々腑《ふ》に落ちなかったものの、パソコンの画面に映し出されたデザインを見た瞬間、モヤッとした感覚は呆気なく消えていく。

純白のドレスをまとった女性が、花に囲まれて幸せそうな笑みを浮かべている。その下にレイアウトされている内容を見れば、ブライダルフェアの広告であることがすぐにわかった。

「式場のチラシ？　すごい、綺麗なデザイン……！」

白を基調とした背景に、画像を囲んだパステルカラーの花やレースがアクセントになっていて、女心をくすぐられる。現実的なサービス内容が書いてあっても浮いていないのは、その文字もうまく馴染んでいるからだろう。

夢のように幸せな時間を過ごせることが伝わってくるデザインに見とれ、さすが尚くんだな、と尊敬しきりで感嘆の声を漏らした。

これを眺めていると、去年のクリスマスを思い出す。結婚式を挙げられない私のために、彼がせめてものプレゼントをくれたことを。

甘い記憶と、胸のときめきが蘇《よみがえ》ってきたとき、尚くんがおもむろに口を開いた。

「もうすぐ一年だな」

穏やかで少々しんみりした彼の声が耳に届き、浮ついた気分が落ち着いていく。

なんのことを言っているのかがすぐにわかった私は、複雑な気持ちになって「うん」と頷いた。

母が亡くなって一年。尚くんと結婚して一年。

最悪な別れと、喜ばしい祝い事がほぼ同じ時期に重なっているため、悲しさと嬉しさが入り交じるのだ。どちらかといえば、やはり前者のほうが大きいけれど。

そんな私の心情をよくわかっている尚くんは、悲しみを共有するようにしばし黙ったあと、あえて明るい声で尋ねてくる。

「記念日、なにか欲しいものとか、行きたいところとかあるか？」

「んー、そうだなぁ」

母を偲《しの》ぶのは一旦やめにして、初めての結婚記念日について考えを巡らせる。

今、自分が望んでいることはなんだろう。欲しいものは彼からの愛で、形のあるものではないし、彼と一緒ならどこへ行ってもいいし……。

「……尚くんがいれば、それでいいや」

結局、私の口から出た願いはそれだった。

一瞬キョトンとした尚くんは、ふっと眉を下げて笑みをこぼし、私の頭に手を伸ばして優しく撫でる。

「キョウは昔っから欲がないよな。もっとワガママ言っていいんだぞ」

……結構なワガママだと思うよ。だって裏を返せば、私のそばからあなたを離したくないってことだもの。

〝好きな人ができたら潔く離婚しよう〟だなんて、今はまったく本意ではなくなっている。

後ろめたさから身を縮こめるも、甘えていたい欲に負け、彼の肩にコテンと頭を載せた。

──どのくらい経っただろうか。身体を持ち上げられる感覚と共に意識も浮上した。

あれ、私、寝ちゃってたのか……。って、また尚くんに運ばれてる？

彼の逞しい腕と息遣いを直に感じ、瞼《まぶた》はくっついて開かないが、自分がお姫様抱っこをされていることをぼんやりと理解した。私がソファで寝てしまったときは、毎回こうしてベッドに運んでくれるのだ。

今日も本当にごめん、と思う反面、下ろされたくなくて寝続けてしまう。悪い子だ。

とはいえ、眠いのも本当なのだけど。

されるがままでいると、尚くんの呆れたため息交じりのひとりごとが聞こえてくる。

「お前は無防備すぎて困るよ。俺に食われたらどうすんだ」

ドキリとする言葉に、思わず目を開きそうになった。

〝尚くんはそんなことしないでしょう〟とあしらう気持ちと、〝食べられるものならどうぞ召し上がれ！〟という大胆な気持ちが生まれる。

でも、これは夢だったりして。

現実との境があやふやな状態で、身体も気分もふわふわとしているうちに、優しくベッドに下ろされた。夫婦であるにもかかわらず寝室は別なので、私の部屋のシングルベッドだ。

ああ、気持ちいい。寝心地のいいそこに横になり、あっさりとまた眠りに落ちそうになったとき。

頬にそっと手が触れ、どこか神妙な声が、ぽつりとこぼれる。

「……記念日、いつもみたいに笑ってくれよ」

……そう言ったと思うが、定かかは自信がない。

なに、今のひとこと。どういう意味？

心の中で問いかけるも、襲ってくる睡魔には勝てない。このままじゃ、朝起きたときには忘れてしまうのに……。

ほんのかすかな胸のざわめきを覚えるも、「おやすみ」という穏やかな声にいざなわれて、再び意識は深いところへと落ちていった。

早熟な夫婦

糖度30%のブライダル・シミュレーション

高校最後の十二月。翌月に入試を控える私は、やや元気のない日々を過ごしていた。

芦萱デザイン専門学校は、書類審査と面接をクリアすれば入れるが、私はできるだけお金をかけたくなくて特待生入試を受けると決めていたため、学力試験もある。

AO入試や推薦入試を受けた同級生たちが次々に合格していくのを見ていると、なんとなく焦りや不安が湧いてきて、クリスマスが近づいてきても到底浮かれる気分ではなかった。

それに、今年は母がいない。毎年、忙しくてもケーキを買ってきて、一緒にごちそうを作っていたのに。

やっと母がいない生活を受け入れられてきていたが、ふとしたときに寂しさに襲われて、どうしようもなく泣きたくなる。

クリスマスの一週間前も感傷的になっていたところへ、尚くんがやってきた。

まだアパートの部屋は隣同士で、毎日会ってはいるものの、結婚はただ戸籍の上だけで成り立っている状態だ。

土曜日の昼過ぎ、ノートを開いているだけでなかなか勉強が進まない私に、彼は意味深な笑みを浮かべて言う。

「キョウ、ちょっと付き合ってくれ。勉強の気晴らしついでに」

こうやってぼうっとしていても時間の無駄だし、なにより尚くんから誘われているのに断る選択肢はない。

現金な私はそれだけで気分が浮上してきて、どこに行くかも聞かずについていくことを決めた。


きっとワークショップに参加するとか、彼の趣味の写真を撮りにドライブをするとか、そんなところだろう。

そう軽く考えていた私が連れてこられたところは、予想を大きく裏切られる場所だった。

冬の花と緑で彩られるガーデン。英国風の美しく豪華な邸宅。その向こうに見えるのは、真っ白な階段が続く、おとぎ話に出てくるお城を彷彿とさせるチャペル。

どう見ても結婚式場だ。私はあんぐりと口を開き、目をしばたたかせる。

「なんで……なにしに来たの？　あ、仕事の関係？」

「違うよ、結婚式に決まってるだろ。まあ〝模擬〟だけど」

その言葉を聞いて、ブライダルフェアに連れられてきたことをやっと理解した。

驚きで固まる私に、尚くんは優しい笑みを向けて言う。

「せめてものクリスマスプレゼントだ。本物の式は挙げてやれないからな、お前の現状が落ち着かない今は」

彼の粋な計らいと、『今は』という、まだ今後に式を挙げられる可能性がありそうな言い方に、じわじわと感動が押し寄せる。

私、形だけの妻なのに。花嫁気分を味わわせてくれるその気持ちが、ものすごく嬉しい。

尚くんの好意に甘え、今日だけは勉強や学校のことは忘れて、彼のパートナーとして楽しむことにした。

厳かで、夢の世界のような式場の中をひと通り見学したあと、ちょっぴり恥ずかしいけれど、ウェディングドレスの試着をさせてもらう。

尚くんと一緒に選んだのは、レースがふんだんに使われ、ふわふわとしたボリュームがあるスカートの純白のドレス。プリンセスラインのドレスには昔から憧れていたのだ。

試着をし、ティアラまでつけてもらって、彼と対面した。変身した私を見て、感激した様子の旦那様の顔といったら。

「キョウ……いつの間に、こんなに大人になって……!」

「お父さんの感想だね」

片手で口元を覆い、声を震わせる大げさな彼に、私は笑いながらツッコんだ。やっぱり恋人の雰囲気ではない。

それでも、尚くんがとってもご満悦そうにしているのはよくわかった。

「本当に、すげえ綺麗だよ。お姫様が飛び出してきたかと思った」なんて歯の浮くようなセリフも、わざとらしさは感じず、純粋に嬉しかった。

ところが、写真を撮りたいから、と彼が女性スタッフに、ふたりきりにしてほしいと頼んだものの、一向に撮ろうとしない。私の前に近づき、物思いに耽るように、ただこちらを見つめているだけ。

どうしたんだろう、とキョトンとしていると、なにかを考えている様子の尚くんが、ふいに口を開く。

「あれ、なんて言うんだっけ。〝病めるときも〜〟ってやつ」

どうやら、誓いの言葉を思い出そうとしていたらしい。私もちゃんとは知らないが、ドラマや漫画で目にしたのをなんとなく覚えている。

「〝あなたは病めるときも、健やかなるときも……とにかくどんなときも、これを愛し、敬うことを誓いますか？〟的な？」

「はい。誓います」

私の適当なセリフに対し、尚くんは背筋を伸ばし、真面目な顔になって宣言したので、思わず吹き出した。

まさかそうくるとは。挙式の練習をしているみたいで笑える。これも私に、結婚式気分を味わわせるためのお芝居なんだろうか。

彼はまだそれをやめず、今度は牧師さんになりきる。

「野々宮杏華、あなたは、面倒くさがりの久礼尚秋に愛想を尽かさず、いかなる道も共に歩み、一生笑顔でいることを誓いますか？」

「はい。誓います」

アレンジしまくりの言葉に、口元に手を当ててクスクス笑っていた私も、姿勢を正して答えた。

この答えは嘘《うそ》じゃないよ。尚くんとならいつまでも一緒にいられるし、ずっと笑っていられる自信があるから。

心の中で、彼にそう伝えていたときだった。

こちらに手が伸びてきて、首と頬骨の辺りを支えられ、私を見つめていた綺麗な瞳に、淡い情熱のようなものが交じる。

さらに、表情に男らしさをかいま見せた顔が近づいてきて――。

唇同士がくっついた。体温を確かめるみたいに、そっと。

……なにが起こっているのか、すぐには理解できなかった。唇に感じる初めての感触と、尚くんがありえないほど近くに接近していることに、ただただ呆気に取られていた。

柔らかなそれが離れていき、斜めに流した長めの前髪がかかる瞳と、視線が絡まる。

ようやく心臓が激しく動き始め、声も出せず目を見開くだけの私に、彼はいたずらっぽく口角を上げて甘く囁いた。

「誓いのキス、実践させてもらった。お前があまりにも可愛いから」

＊＊＊

七月も終わりに近づいた頃、私は尚くんがデザインしたブライダルフェアのチラシをワークスペースで眺め、クリスマスのことを思い返していた。

あのあと、私の顔は真っ赤に熟れたりんご状態で、冬なのに汗まで掻いてしまって、戻ってきた式場のスタッフに若干心配されたことは言うまでもない。

キスまでシミュレーションすることなかったのに！と、しばらく文句をつけていたが、最高にドキドキして、嬉しかったのは事実。

この出来事が、尚くんに抱く感情は恋だと自覚するきっかけになったのだと思う。

経験豊富な彼にしてみれば、あんなキスはきっと挨拶程度のものだったのだろうけど。

とにもかくにも、私のファーストキスを奪ったのは、他でもない旦那様なのだ。

キスをしたのはもちろんあの一回限りで、それ以降は冗談で迫られることはあっても、本当にすることはない。あれは、夢を見せてくれただけなんだよね……。

少々切ないため息をこぼし、作業を始めようとしたとき、いつの間にか向かいの席に尚くんが座っていることに気づいた。彼は若干怪訝そうに私を見ている。

「どうした、野々宮。なにかわからないこと、あるか？」

「あ、いえ！　大丈夫です」

彼のことを考えていたと悟られないよう、さくっと答えた直後、もうひとつのテーブルのほうから「野々宮さん」と呼ばれた。

振り向けば、鬼頭さんと視線が合う。どうやらダンジョンのサイトについてミーティングをするらしい。

私はすぐに腰を上げる。「社長、キョウちゃんに頼ってもらえないからって、すねてるー」と尚くんをからかって面白がる泉さんの声を耳に入れつつ、移動した。

冴木さんやエンジニアの方々も集まり、メンバー全員で固まって席に着く。

ダンジョンの他、さまざまなレストラン事業を展開して、波に乗っている株式会社『シラカバ』。ここの白樺《しらかば》社長や担当者と、鬼頭さんがリーダーとなって随時打ち合わせをしている。

昨日もサイトにどんな機能を持たせ、どこまで作るかなど、デザインに入る前に決めなければならない具体的な内容を話し合ってきた。

ところが、あちらの社長も担当者も人当たりはいいのだが、サイトに関してはだいぶ抽象的なイメージしか伝えてもらえず……。

「最終的に『お任せするよ～』と、デザイナー泣かせのお言葉を頂戴してきました」

「これ、一番困るんですよね」

鬼頭さんが淡々と口にしたあと、冴木さんが苦笑いを浮かべて、ボソッとこぼした。

尚くんもよく嘆いているので、私にもわかる。この指示通りに自分のセンスの赴くまま仕上げても、『ちょっとイメージと違います』と返されるのがオチなのだそう。

表情を変えない鬼頭さんも「ええ」と頷く。

「随時イメージをしっかり共有して、なるべく食い違いが起こるのを防ぐしかありません。私たちの熱意を込め、かつクライアントにも納得していただけるものを頑張って作りましょう」

「はい」

彼女の言葉に、私たちも気を引きしめて返事をした。

昨日決定したサイト全体のコンセプトや画面設計に基づいて、さっそく鬼頭さんと冴木さんがデザイン制作に入る。

こうやって進めていくんだな、と肌で感じていると、鬼頭さんは私に近づいてこう言う。

「レイアウトができ上がったら、それに合うバナーを野々宮さんに考えてもらおうと思っていますが、いいですか？」

わ、ついに私にもミッションが……！

初めてデザインの仕事を任せられ、急に緊張しだしてしまう。とはいえ、何事も経験だ。やらなきゃなにも得られない。

背筋を伸ばし、「わかりました！」と元気に答えると、鬼頭さんは無表情を崩さずに頷いた。

翌日、鬼頭さんと冴木さんはトップページのデザインをいくつか考えてきて、まとめたものを、物置と化したデスクに座る尚くんのもとへ提案しに行った。

黒縁眼鏡をかけた尚くんは、どのレイアウトにも入念に目を通し、クライアントの大まかすぎる要望も把握したうえでアドバイスをする。

その的確さに感銘を受けたらしい冴木さんは、ワークスペースに戻りながら尊敬の声を漏らす。

「どうすればさらによくなるのか、自分ではわからなかったところを社長がピンポイントで指摘してくれました。少し変えるだけで、ゲームの世界観を出しつつ、レストランのサイトだっていうことも、ちゃんと伝えられそうです」

「そうですね。これで一度クライアントに確認しましょう」

鬼頭さんの表情も、若干明るくなっているように見えた。きっと尚くんの意見に納得したのだろう。

冴木さんは少年みたいにキラキラした瞳で、修正された資料を眺めつつ、頬を緩めている。

「久礼社長はさすがだね。前の会社では、こうやってアドバイスをもらう機会があまりなかったから嬉しいな」

尚くんの仕事ぶりを称賛されると、私も自分が褒められたみたいで、ついニヤけてしまう。

しかしそれもつかの間。今の彼の言葉で、前から気になっていたことを思い出した。

「そういえば、どうして広告代理店を辞めて、こっちに……」

特になにも考えずロ走ってしまったが、もしかしたらこういう話題はタブーかもしれないと、はっとする。

「あっ……ズケズケとすみません！　答えたくなければ無理に聞きませんから」

「あはは。全然いいよ」

慌てて謝ったものの、冴木さんはまったく気にしていない様子で笑い、首を小さく横に振った。そして、理由を教えてくれる。

「よくある話だよ。寝る暇もなくて、デザインの仕事も嫌いになりそうなくらいのブラックな会社だったっていう」

「ああ……なるほど」

「同じ職種は諦めるか悩んだけど、ここの面接を受けたときに社長とじっくり話して、この人なら信頼できそうだなって思ったんだ」

冴木さんが笑顔で話している最中、ランチタイムのBGMが流れ始め、キリのいいところで作業が終わった人たちが続々と休憩に入っていく。

彼も「じゃあ、またあとで」と爽やかに言い、軽く手を振って去っていった。

そっか、前の会社は相当大変だったんだな。デザイン関係の仕事は残業が多いと聞くし、確かにここでも、尚くんや加々美さんのような売れっ子はかなり忙しい時期がある。

冴木さんも、ひと晩だけで何パターンもレイアウトを仕上げてきたことからして、有能なのだろうとわかる。

そのせいで前の会社ではいろいろと任されて、手いっぱいになってしまったんじゃないだろうか。

勝手にそんな推測をして、テーブルに置いたままにしていたノートパソコンを閉じる鬼頭さんに話しかけてみる。

「きっと、冴木さんもできる人なんですよね。仕事が速いですし」

「ええ。それにセンスもある……というか、私と感覚が似ている気がしました」

心なしか普段より柔らかい声で答えた鬼頭さんは、オフィスを出ていく彼の後ろ姿をじっと見つめ、こんなことを述べる。

「仕事に関しては言うことはなさそうですが、彼自身にどことなく問題があるように思えます。私には」

「問題？」

意外なその言葉に、私は首を傾げて鬼頭さんの顔を覗き込んだ。彼女はノートパソコンを抱え、眼鏡の奥の瞳で私を一瞥《いちべつ》する。

「常に笑顔なのが、少し気味悪いんですよ。私がこんなだから、特に」

無表情を崩さずに言い放った彼女は、軽く頭を下げてロッカーのほうへと向かっていく。私はしばし佇んだまま、彼女の姿を見送っていた。

確かに、冴木さんはいつもニコニコしていて、表情を曇らせたところはいまだに見ていない。それをおかしく思ったことはないが、鬼頭さんにはなにか感じる部分があるんだろうか。

「キョウちゃん、お昼行こー」

少々考え込んでいた私は泉さんの声で我に返り、ひとまず財布を持って外に出ることにした。

　ふたりで向かった先は、安くて美味《おい》しい、泉さんお気に入りの定食屋。いつも多くのサラリーマンで賑《にぎ》わっていて、割烹着《かっぽうぎ》姿の元気なおばちゃんがオーダーを取っている超庶民派の店だ。

　私たちは午後一時を過ぎてから休憩に入るので、若干ピークは落ち着いている。お互いに迷わず日替わり定食を頼んだあと、私はさっきから引っかかっている例の件について聞いてみることにした。

「あの、泉さんは冴木さんのこと、どう思いますか？」

　突然の質問に、おしぼりで手を拭いていた泉さんは、くりくりとした瞳をしばたたかせる。

「どうって……ノリが合う同い年の仲間、だと思ってるよ」

　不思議そうにしながら答えてくれたものの、私の聞き方が悪かったようで、求めていたものと若干ズレている。

「ああ、すみません。そういう意味じゃなくて……」

「もしかしてキョウちゃん、冴木くんのこと、気になってるの？　私がライバルにならないか心配した？」

「へっ？」

今度は、私をじっと見つめる泉さんから突拍子もない問いかけが飛んできたので、声が裏返った。

いけない、誤解させちゃったみたいだ。しっかり否定しておかなければ。

「違いますよ！　どう思っているかっていうのは、彼の人物像についてです」

「人物像？　そんなふうにごまかさなくていいのに」

「いやいや、本当に違いますって！」

首をぶんぶんと横に振って否定すると、泉さんは目を細めて疑いの眼差しを向けつつも、質問に再度答える。

「冴木くんの人物像ねぇ。明るいし、絡みやすいし、皆に可愛がってもらえそうなアイドルって感じかな」

「やっぱり、そうですよね……」

泉さんも私とほぼ同じ印象を抱いているし、特に問題があるとは感じていなそうだ。

冴木さん自身になにかあると思うのは、鬼頭さんくらいなんだろう。

そんなに気にすることじゃないか、と自己完結させ、冷たい麦茶をひと口飲んだ。

そんな私を見て、泉さんは意味深な笑みを浮かべる。

「キョウちゃんも似たタイプだし、冴木くんとお似合いだと思うよ～。社長もいいんだけど、年が近いほうがなにかとよさそうだしね」

「っ、社長？」

冴木さんとお似合いだと言われたことよりも、尚くんが出てきたことにドキッとして繰り返した。

泉さんはニンマリと表情を緩め、頬杖《ほおづえ》をついて言う。

「どう考えたって、あれはキョウちゃんのことが好きでしょう。アラサー独身男が、ただのお気に入りの女子にあそこまで干渉してるんだとしたら、いろんな意味で心配になるよ」

「そ、そうですかねぇ……」

私はものすごく複雑な心境で、曖昧な返事と苦笑いを返した。

彼女の言う通りだが、私と尚くんは特殊な関係なのだ。干渉する理由も、昔から面倒を見ていた延長であって、好意はあるとしても恋愛感情ではないはず。

それを知っているのは社内では私たちだけだし、泉さんみたいに思うのも当然だ。本当に好きになってくれていたら、なんの問題もないのに。

もどかしい気持ちを抱く私をよそに、泉さんは厳しい表情になって忠告する。

「相手が社長だからって遠慮することないんだよ。気がなかったら、はっきり言いな。『あなたのせいで男が寄りつかなくて、お嫁に行けなかったらどうするんですか。この、でろ甘社長が！』って」

「……言えません」

いろいろな意味で無理です、と心の中で呟き、微妙な顔で小さく首を横に振った。

泉さんも他の社員も、私と尚くんが本当は夫婦だと知ったらどんな反応をするんだろう。やっぱり、って思うかな。それとも、引かれてしまうだろうか。

先ほどの『年が近いほうがなにかとよさそう』という泉さんのひとことが蘇ってくる。私と尚くんじゃ、釣り合わないのかもしれない。年齢的にも、立場的にも。

これまでに何度も感じていた些細な不安が、今また、むくむくと湧いてくる。

それを消し去りたくて、私は運ばれてきたミックスフライ定食に意識を移し、きつね色のエビフライにかじりついた。

フィフティ・フィフティな性事情

ダンジョンのサイトは、大まかなレイアウトにクライアントの合意も得られて、案外スムーズに進んでいる。

私は鬼頭さんに頼まれた通り、バナーの作成に奮闘中だ。手描きでレイアウトを描いたラフはOKをもらったので、今はそれをパソコンで仕上げている。

尚くんはデザイナーや企業が集まるイベントに出席していて、戻るのは遅くなると言っていたから、今夜の夕飯の準備は急がなくていい。たまには外食もありだし。

そんなことを頭の片隅で考えていたのはつかの間で、文字組みや配色などの作業に集中しているうちに、気がつけば終業時間を一時間以上も過ぎていた。

ここは社員の働き方の多様化にフレキシブルに対応している会社なので、都合に応じて自宅作業をする社員もいるらしく、今日残っているのは私だけ。

残業は奨励されていないので少しだけにするはずが、なんとかキリのいいところまで……！と、つい夢中になってしまった。

「あー、やっとできた～……！」

自分で納得のいくところまででき、達成感に満ちた声を上げながら、大きく伸びをする。

出来がどうかは別として、期限を守れたことと、ひとりで作り上げられたことに心底ホッとした。仕事となると、責任の重さやプレッシャーをひしひしと感じるから。

やればできるじゃないか、私も。……と、ほんのわずかな自信も芽生える。

清々《すがすが》しい気分に浸っていたとき、オフィスのドアが開いて、スーツ姿の尚くんが現れた。イベントから戻ってきたらしい。

「お疲れさまです」と挨拶する私を見て、彼は目を丸くする。

「なんだ、野々宮。まだ残ってたのか」

「すみません、これだけ仕上げたくて。熱中してたら皆、帰っちゃってました」

私はパソコンの画面を指差して、えへへと笑った。オフィスにいるせいで、ふたりきりなのにお互いに口調が仕事モードのままだ。

こちらに向かってくる彼に、さっそくアドバイスをもらおうと思い、バナーを見せてみる。

「ダンジョンのサイトのバナーを作ってみたんです。どう、ですか？」

今は眼鏡をしていない社長様は、私の背後から画面に顔を近づけ、じっくりと全体のバランスを見る。

ちょっぴり緊張しながら意見を待っていると、彼は画面から目を離さずにひとつ頷いた。

「初めてにしては、なかなかいい。カーニングもよくできてる」

「本当⁉」

カーニングとは、文字の間隔を均等にする作業のこと。それを予想外にも褒められ、私は驚いて、勢いよく彼を振り仰いだ。ダメ出しの嵐も覚悟していたのに！

尚くんはゆるりと口角を上げ、「個人的な意見を言えば」と文字を指差す。

「ここの配色をもう少し変えたら、さらに見やすくなると思う。三田線《みたせん》ブルーとか、0075c2辺りに。フォントをゲーム風にPixelMplus《ピクセルエムプラス》にするのも面白そうだし」

「んっ？」

具体的なカラーコードや、聞いたことのないフォントの名前を口にされ、私は目が点になった。一瞬フリーズしたあと、慌てて色見本帳を広げる。

そういえば尚くんって、色見本帳の内容やカラーコードは頭にインプットされているし、フォントのこだわりもオタク並みなんだった。

街を歩いていて、気になるフォントを見つけると書体を調べだすこともあれば、見ただけで特定することもある。ちょっと怖いよ……と思うくらい詳しいのだ。

今言われたものを必死に探す私を見下ろし、尚くんはクスッと笑う。

「キョウがこんなふうにしてると、一丁前にOLみたいだな」

『大きくなったな』と言いたげな口ぶりに、『お父さんか』と、またしてもツッコミたくなる。この関係からはなかなか抜けられそうにない。

微妙な笑みを浮かべていると、ポンと肩に手を置かれた。

「なにか飲み物を買ってきてやるよ。コーヒーでいいか?」

「あ、大丈夫だよ。もう終わったから」

気遣いは嬉しいけれど、尚くんだって疲れているだろうし、さっさと帰ったほうがいい。

そう思い、普段の口調で断ったものの、彼は余裕の笑みを向ける。

「ご褒美だと思っとけ。人一倍頑張ってる社員に差し入れするのは、俺の中での決まりみたいなもんなんだ」

なにげない言葉だが、私も皆と同じ社員として扱ってもらえることが嬉しい。今だけ、大人になれた気分。

あっさりと厚意に甘えたくなり、口元を緩ませて「……ありがとう」と伝えた。

オフィスを出ていった尚くんは、しばらくして缶コーヒーを二本持って戻ってきた。そのうちの一本を私に渡して、隣の椅子に座る。

ブラックが苦手な私に買ってきてくれたのは、ミルク多めのカフェオレ。いつもはたいして気にしないのに、なんだか今はそれすらも子供っぽく思えてしまう。

この間の泉さんのひとことが、まだ頭の片隅から離れないのだ。年の差なんて、今さら気にしても仕方ないのに。

「……早く大人になりたい」

両手で缶を持ち、カフェオレのまったりした甘さを口に広がらせたあと、ため息交じりにぽつりと呟いた。

尚くんは不思議そうな顔をして、缶に口をつけたところで動きを止める。

「どうした、急に」

「ん……早く一緒にお酒が飲みたいなと思って」

〝ひとりの女として見てもらいたいし、あなたに釣り合う女になりたいから〟という理由は胸の中に留め、当たり障《さわ》りのない文句を口にした。

尚くんは、純粋にその言葉を受け取ったらしい。

「ああ、そうだな。まあ酒が飲めたら飲めたで、別の心配も出てくるんだが」

同意したものの、苦笑を浮かべてなにやら危惧している。

別の心配……って、お酒の席で男の人と一緒になったときのことを言っているんだよね、きっと。相変わらず過保護だなぁ。

そんなに心配しなくても、尚くん以外の男の人にホイホイついていったり、ほだされたりするようなことには絶対ならないのに。これでは、いつまで経っても自立できない気がする。

少々呆れに似た気持ちで、またひと口カフェオレを飲み、ひとりごちる。

「……大人にはあと一歩だけど、もう子供ではないよ」

十九歳という微妙な年齢と、兄妹同然の関係に、悶々《もんもん》とジレンマを抱いてばかりだ。

閉じたノートパソコンをぼんやり眺めていると、隣から落ち着いた声が投げかけられる。

「そんなこと、わかってる」

ピクリと反応して振り向けば、彼は私の波立った心を穏やかにする笑みを湛えて、こちらに優しい眼差しを向けていた。

「焦る必要なんかねーよ。キョウが一人前の人間になろうとして頑張ってることも、皆についていこうと必死に働いてることも、俺は全部わかってるから」

私の努力を汲《く》み取ってくれる言葉が、じんわりと胸に沁み込んでいく。

……そう、だよね。ずっと一緒にいた尚くんが、私のことを理解していないはずがないもんね。

過保護にしてくるのも、単に子供扱いしているわけではないのだろうか。もしも、ちゃんと〝女〟として見てもらえているのだとしたら……。

未熟な夫婦の関係から、一歩先に進める?

淡い期待が、胸の中で色づく。彼から目を逸らせずにいると、椅子がギッと軋《きし》むと共に、骨張った手がこちらに伸びてきた。

私を映した瞳が柔らかく細められ、長い指は産毛を撫でるみたいに、そっと頬に触れる。

「今だって充分、お前は俺の自慢の奥さんだよ」

甘めの声が、早鐘を打つ私の心を真綿のように包み込んだ。

尚くんはいつだって、どんな私だって認めてくれる。そんなあなたが、好きで好きで仕方ない。

きっと、この想いも受け止めてもらえるんじゃないだろうか。

愛おしさと、先へ進みたい欲求がみるみる溢れて、私の口は自然に動き始める。

「……尚くん、私――」

気持ちが勝手にこぼれ落ちそうになった、そのときだ。

ガチャリとドアが開く音がして、ビクッと肩が跳ねる。尚くんも手を離し、ふたりしてドアのほうを振り向けば、ナチュラルショートの髪に美しい顔立ちの男性が立っている。

謎多き人気デザイナーAkaruこと、加々美さんだ。まだ誰か来るとは……！

「あ、お疲れさまで……す」

挨拶をしようとした彼は、どうやら私と社長様がただならぬ雰囲気であることを悟ったらしい。数秒固まったあと、ドアを閉めようとする。

「お邪魔しました」

「帰るな、帰るな」

普通においとましようとする加々美さんを、尚くんがすかさず引き止めた。彼は焦った様子もなく平然としているけれど、私はとっても恥ずかしい。

だって、人生初の告白をしようとしたよね、私……！

今になって心臓がバクバクしている。ほぼ無意識に想いが声となって出てきそうだった。寸止めされてよかったのか、どうなのか。

それより、今しがたの私たちの雰囲気は、加々美さんにおかしいと思われているんじゃないだろうか。尚くんの〝野々宮マニア〟の意味を、彼も重々承知しているとはいえ、さすがに……。

どぎまぎする私をよそに、尚くんは何事もなかったかのごとく加々美さんに話しかける。

「なにか用事があるんだろ？　うっかり者のAkaruのことだから忘れ物か」

「悔しいけど、当たりです」

加々美さんは苦笑を漏らしてオフィスに足を踏み入れ、ほぼ彼専用となっているデザイナーズルームに向かう。そして一分も経たないうちに、なにかの書類を手にして出てきた。

彼は、とりあえず帰り支度を整える私のそばにやってきて、感心したように言う。

「こんなに遅くまで頑張ってたんだね、野々宮さん」

「今日は特別です」

私も平然を装って笑みを返すと、加々美さんは「お疲れさま」と労《ねぎら》った。次いで、空き缶を捨てていた尚くんのほうへ顔を向け、呆れた調子の声を投げる。

「社長、会社なんかじゃなくて、ちゃんと愛の巣があるなら、そっちでイチャついたらどうですか？　野々宮さんがかわいそうですよ」

……ん？　愛の巣？

彼の言葉にいくつかの引っかかりを覚え、私は目をぱちくりさせる。尚くんは相変わらず平静を崩さない。

「あのくらいじゃ、イチャついたうちに入らねぇだろ」

「はあ……ガサツな人は乙女心もわかってないな」

呑気な尚くんと、やれやれといった様子の加々美さん。尚くんより年下であるにもかかわらず、彼が歯に衣着《きぬ》せぬ物言いをするのは、仲がいいからこそ。

それはさておき、彼の発言から察するに、私たちの関係がバレているのでは……？

動揺する私は、ふたりの会話が途切れたところで、はっきり聞いてみることにした。

「あの、もしかして加々美さん、私たちのこと……」

「うん、知ってる。社長が僕だけには教えてくれたからね」

爽やかな笑顔でさらりと返され、口を開けたまま固まった。

そうだったの!?　全然知らなかった。バレていないと思って他人のフリをしているところを、ずっと見られていたって、なんか恥ずかしいじゃん！

背中に変な汗を掻き始めるも、加々美さんはからかうこともなく、嫌味のない王子様スマイルを浮かべている。

そして、「もちろん誰にも言ってないから安心して。なにかあったら相談に乗るよ」と温かい声をかけて去っていった。

再びふたりきりになったところで、私は改めて尚くんに確認する。

「加々美さんには教えてたんだ」

「ああ。婚姻届を書くときに証人になってもらったから」

「そんな前から知ってたの⁉」

ふたりの仲がいいのはわかっているから、別に教えていても構わない。ただ、予想以上に前からだったので、目を丸くした。

そういえば、婚姻届は私側を先に記入したあとに尚くんが提出したから、彼のほうの証人が誰なのか聞いていなかったっけ。私の証人は事情を知っている高校時代の先生にお願いしたが、尚くんはまさか加々美さんに頼んでいたとは。

まだ母の死から間もなかった当時は、あれよあれよといううちに進んでいく結婚話に正直ついていけなくて、尚くんに任せっきりだったのだ。

婚姻届も、彼に言われるがままサインした状態だった。人生の一大イベントなのだから、私ももっとちゃんと入籍について調べておけばよかったと、今になって思う。とはいえ、加々美さんには打ち明けていることくらいは言っておいてほしい。まあ、きっと面倒くさかったか、忘れていたかのどちらかだろう。

旦那様にやや呆れた視線を向けるも、彼はまったく気にした様子もなく飄々《ひょうひょう》としている。

「あいつの言う通り、そろそろ飯食って帰ろう」

「そうだね。お腹空いた」

「あ。そういえばさっき、なにか言おうとしなかったか？」

思い出したように聞かれ、やっと平常心に戻った私の心がギクリと強張《こわば》った。気持ち的にも雰囲気的にも、今はもう告白などできそうにない……。

勢いってすごいなと実感しつつ、「ううん。なんでもない」と笑って返す。そそくさとバッグを肩にかけると、不思議そうにしている尚くんのそばに寄り添った。

夏本番の八月第一週の木曜日。私は親友と一緒に、休み中の課題をやるため学校に来ていた。

長期休暇中、教室の設備が自由に使え、講師も常駐している教室開放の日が何日かある。課題に取り組む他、イベントに展示する作品を制作しに来たりする学生も多い。

課題をある程度進めたあと、近くのカフェで飲み物をテイクアウトし、構内の食堂で休憩している。アメリカン・カントリーテイストのここは、学生たちにアイデアを募って作られたのだそう。

たった今、中学の頃からの付き合いで、恋愛と結婚の事情を知っている瑠莉《るり》に、先日の話をしたところだ。

緩いウェーブがかかったロングヘアに、違和感のないつけまつ毛、ぷるんとした紅い唇。服装はオフショルダーのトップスにスキニーパンツを合わせていて、今日も女度が高い。

同い年とは思えない色気を放つ彼女は、どこぞのモデルさんのように長い前髪を掻き上げ、ふう、と息を吐く。

「告白未遂か～。曖昧なふたりの関係が、やっとはっきりしたかと思ったのに」

瑠莉に心底残念そうに言われると、なぜか謝りたくなってくる。姉御タイプで積極的な彼女は〝打てば響く〟がモットーだから。

それでも、私の恋愛事情に関しては温かく見守る優しさも持っているので、今もポジティブな言葉をかけてくれる。

「まあ、杏華にしてみれば頑張ったほうなんじゃない？　今まで告白する気はさらさらなかったでしょ」

彼女の言う通り、尚くんのことが好きだと自覚してからは、それを伝えたらどうなるかということばかり気にして、行動を起こせずにいた。あのときみたいに、想いが溢れる感覚を抱いたのは初めて。

「自分でも不思議だよ。後先考えずに告白しようとしたなんて」

「それだけ愛情が大きくなってるってことじゃないの」

ゆるりと口元を緩ませる瑠莉に、私は気恥ずかしくなるも「……うん」と小さく頷いた。

人をすごく好きになると、こんなふうになるんだな。

胸の奥がくすぐったくなっていると、瑠莉は綺麗なネイルが施された手でドリンクのカップを持ち、優しい声で言う。

「杏華が悩むのもわからなくないかな。久礼さんの溺愛っぷりは昔からだし、恋愛感情とは違うんじゃないかって思っちゃうよね」

「そうそう。そうなんだよ」

私は共感しまくり、手の平でトントンと軽くテーブルを叩いた。

瑠莉も私と友達になった頃から尚くんのことは知っていて、一緒に遊んだことも何回かあるので、私たちの関係についてもよくわかっているのだ。

「健全な男女が一緒に暮らしてるのに、身体の関係はなんにもないみたいだし」

しかし、続けられたストレートな発言には動揺してしまい、飲み始めていたフラペチーノが「んぐ」と私の喉に詰まった。

むせる私に構わず、彼女は真剣な表情で頬杖をつき、ぶつぶつと呟く。

「久礼さん、どうやって性欲処理してるんだろ。どこかで抜かないと溜《た》まりっぱなしになっちゃうよね」

「瑠莉さん、ここ学校……」

あまりにも際どい内容に、私はいたたまれなくて両手で顔を覆った。

このお色気お姉様は、本当に開けっ広げなんだから。

私はこの手の話に慣れていなくて縮こまってしまうけれど、彼女は至って真面目に考えているらしい。

「だって、気にならない？　あの彼のことだから不倫はないとしても、風俗とか行かれてたら嫌でしょ」

「ま……まあ、確かに」

向かい側から私の顔を覗き込んでくる瑠莉の言葉で、新たな不安が、にょきっと芽を出す。

言われてみれば、尚くんは健全な男性だし、そういう欲求があって当然だ。私と一緒にいるせいで満足に解消できていないとしたら、なんとも申し訳ない。

「考えたこともなかった。やっぱり我慢させちゃってるのかな」

「うら若き奥様がいるのに手を出せないって、結構な拷問だと思うよ」

「だよね……」

きっぱりと返され、苦笑するしかなかった。

いや、待って。そもそも尚くんは私なんかに欲情するんだろうか。実際、手を出されないのだし、そういう対象として意識していないってことでは……。

こちらをじっと見つめる瑠莉をよそに、悶々と考え込んでいたとき、私たちの頭上から野太くも陽気な声が降ってくる。

「なーんかイカガワシイ……じゃなくて、楽しそうな話をしてるわね、GD科の一年生さん」

驚いて同時にバッとそちらを振り仰いだ私たちは、グラデーションボブの髪形にメイクを施した大柄な男性を見て、「NIKKO先生!」と声をそろえた。

わが校名物のオネエ系講師が、クリームもりもりのフラペチーノを片手に、にっこりと笑顔を浮かべて立っていたのだ。

ＮＩＫＫＯ先生も休憩しに来たのね。というか、私たちの会話、いったいどこから聞かれていたんだろう。決してそんなに大きな声では話していなかったはずなのに……。彼、いや、彼女の地獄耳はすごい。

あんな赤裸々な会話を聞かれていたとはだいぶ恥ずかしいが、瑠莉はまったく気にした様子はなく、むしろ積極的に絡んでいく。

「ちょうどよかった！　色彩と恋愛のエキスパートであるＮＩＫＫＯ先生に、ひとつ質問が」

「え〜、なになに？　な〜んでも聞いてちょうだい！」

瑠莉の言葉に、先生はパッと顔を輝かせ、私の隣に意気揚々と腰を下ろした。

めちゃくちゃ乗り気ですよ……なんていい先生なんだ。

これまでたくさんの恋愛をしてきたと公言しているし、男女どちらの気持ちもわかるかもしれないし、とっても頼もしい。

それはそうと、瑠莉はなにを聞こうとしているんだろう。

キョトンとして、存在感ありまくりの先生と共に、彼女に注目する。

「私の友達で、引くぐらい仲がよくて同居してるのに恋人未満、っていう変なふたりがいるんです。男の人が手を出さないのって、その子を大切にしてるからですよね？」

ああ……もしかして、さっき私が悩んでいたことを見抜いて、私の代わりに先生に相談してくれたの？

これまた、なんていい親友なんだ。『引くぐらい』とか、『変なふたり』はちょっと引っかかるけど。

恋愛経験に乏しい私は、男性の心理については謎だらけだし、尚くんの気持ちを探るヒントが欲しいので、ドキドキしながら先生の反応を窺《うかが》う。

彼女はふむふむと頷き、顎に手を当ててこう答える。

「そうねぇ、相手を大事にしすぎて一歩を踏み出せない人もいるわよ」

「ですよね～」

瑠莉は嬉しそうに相づちを打ち、ちらりとこちらに目線を向けた。『ほら、心配いらないって』という声が聞こえてきそうなくらい、ニンマリしている。

私もいくらかホッとしたのもつかの間、先生は表情を引きしめて「でも」と続ける。

「同居って、いつでも手に入る距離にいるわけだから、下手《へた》するると我慢してるうちに、なにもしなくても平気になっちゃうかもしれないのよね。ほら、近くにある名所ほど行かなかったりするでしょう」

「あー、確かに！」

目を丸くして深く納得する瑠莉に対し、私の心はギクリと強張った。

近くにある名所ほど行かない……ごもっともだ。いつでも行けると思うと、不思議と足が向かなくなるもの。まさか、尚くんにとって私も同じ⁉

まだそうと決まったわけではないが、軽くショックを受けて、うなだれた。そんな私に気づいたＮＩＫＫＯ先生が、キョトンとして首を傾げる。

「なんで野々宮ちゃんが落ち込んでるの？」

「あ、先生のたとえがわかりやすすぎて、感動してるんです」

咄嗟《とっさ》に出た瑠莉の適当な言い訳に、とりあえず、うんうんと頷いておいた。

先生は「あら、ありがとう」と、私たちにさっぱりとした笑みを向ける。

「まあ、人間は千差万別で、恋愛も百人いたら百通りの答えがあるから。そのお友達の彼も、必ずどっちかに当てはまるとは言えないわよ」

私も瑠莉も真剣に耳を傾ける。先生の言う通り、ここでいくら話し合っても、本人の胸の内は推測することしかできない。

「ただ、その答えに正解や不正解はないの。大事なのは、相手の答えを知ったとして、そのあとに自分がどうするかだと思うわ。泣くも笑うも、結局は自分次第なのよね」

相手の答えを知って、自分がどうするか、か……。

私は今まで、尚くんの気持ちが知りたくて悩んでいたが、重要なのはその先のことなんだ。どう転がったとしても、その運命を受け入れて生きていくしなやかさを持たなければ。大人になりたいのなら、中身も強くならないといけない。

先生の言葉を噛みしめていたとき、やや離れたテーブル席から「NIKKO先生！」と呼ぶ声が聞こえてくる。人気者は忙しい。

彼女は男女数人のグループに返事をすると、腰を上げて私たちに微笑みかける。

「じゃあ、またね。取って食ったりしないから、今度は直接相談しに来なさい、ってお友達に伝えておいて～」

「わかりました。ありがとうございます！」

瑠莉と笑ってお礼を言うと、先生は明るく手を振り、男女が待つテーブルへ向かっていった。

「さすが、NIKKO先生は説得力があるわ」と感服する瑠莉に、私も同意。おかげで幾分か、もやもやしたものが消えた気がする。

「……私、やっぱり告白する」

　ぽつりとこぼしたひとことに、瑠莉が目を見張った。

「告白して、けじめをつける。いつまで経っても片想いの夫婦は嫌だ」

　ずっと黙っていれば、曖昧だとしてもきっと夫婦関係は続けられるはず。逆に、想いを伝えて受け止めてもらえなかったら、そこで終わりだ。

　今までは後者になるのが怖くて、楽なほうを選んでいた。でも、彼に恋愛感情がないのなら、なるべく早めにケリをつけたほうがお互いのためになるだろう。

　きっと、この状態を長く続けることのほうが難しい。私が気持ちを抑えられなくなるのも時間の問題だろう。

　私の決意を聞いた瑠莉は、驚きの表情を徐々に緩め、穏やかに「そっか」と呟いた。

　ただし、人生初の告白だ。この間のような勢いや、なにかきっかけがないと簡単にはできそうにない。

「タイミング逃しちゃったから、なにかのイベントとかに便乗しないと、できそうにないけどね……」

「いいんじゃない？　心の準備も必要だろうし」

　瑠莉はおおらかな言葉をかけたあと、頼もしい笑みを浮かべて私を見つめる。

「ずっと家族同然だった人との関係を変えるんだもん、勇気いるよね。でも、私はきっとうまくいくと思ってるよ。無責任だけど」

　こちらの気持ちを汲み取って応援してくれる彼女に、じーんとしつつ、最後のひとことに笑ってしまった。

　もしも悪い結果になったとしても、瑠莉に目いっぱい慰めてもらえばいいか……なんて、いい意味で気楽に考えられる。

　いい親友を持って幸せだな、と改めて感じ、笑顔で「ありがと」と返した。

　すると彼女は、なぜか急に大きなため息を吐き出してテーブルに突っ伏す。

「はあ〜、私も人の恋愛にばっか首ツッコんでないで、恋したい……。急がなきゃ、ディープキスも初体験も杏華に先を越されてしまう」

「だから、ここ学校」

　またしても開けっ広げに話すので、私は呆れを交えて宥《なだ》めた。

　実はこの瑠莉お姉様、外見や話す内容からして、恋愛経験が豊富そうだと多くの人が勘違いしているが、これまで誰とも付き合ったことがない。モテるのは確かなのに、彼女のお眼鏡に適《かな》う相手が現れないのだ。

　瑠莉は脱力したまま、さめざめと泣くフリをして、ぶつぶつとぼやく。

「私の王子様は、いつ現れるのよ……。そこそこ顔がよくて、性格は俺様すぎずクールすぎず、大人で車を持ってて甘やかしてくれる人なら誰でも歓迎なのに」

「あと二年待ってみようか」

就職すればその細かい条件に合う人がいるかも、と私は苦笑した。

もう少し理想を低くすれば、瑠莉ほどの人ならすぐに彼氏ができるに違いないのだが、本人はその気がなさそうなので仕方ない。

もったいないなと思いつつ、今度は私が、瑠莉のバイト先にいる〝惜しい〟男性についての話を聞く側に回った。


その日の晩、シャワーを浴びる私は、昼間話したことについてあれこれ考えていた。

近々あるイベントといえば、約二週間後の花火大会と、その六日後の結婚記念日だ。このどちらかで告白するのはどうだろう。

いや、結婚記念日にフラれたら悲しすぎるかな……。花火大会のほうがいいか。

実は、今年の花火大会は母の命日と同じ日なので、昼間は墓参りをする予定だ。そこで、天国の母からも勇気をもらえるかもしれない。都合がいいけれど、そう思えばしっかり気持ちを伝えられそうな気がするんだ。

今からすでにドキドキしつつ、バスルームから出て、タオルで髪を拭きながらリビングダイニングに向かう。

すると、ソファに横になって目を瞑《つむ》っている旦那様がいた。テーブルには閉じたノートパソコンと眼鏡、飲みかけのミネラルウォーターが置かれている。

仕事をしていたら眠くなったのだろう。こういうときは寝室に行くのさえ面倒らしく、ここで寝ていることは珍しくない。

相変わらずだな、と苦笑するも、無防備な寝顔はいつ見ても愛おしい。ブランケットを持ってきてふわりとかけ、傍らで彼の端整な顔を見つめる。

そうだ……告白の練習、してみようか。眠っている今のうちに、ちょっとだけ。

ふとそんなことを思いつき、なんとなく床に正座をする。鼓動が速くなるのを感じながら、スッと息を吸った。

「尚くん。す……す、す」

なかなか〝好き〟の二文字を口にできずにいた、その瞬間。ぱちっと尚くんの目が開いたので、私は驚きのあまり「きゃあ！」と叫んで、のけ反った。

びっくりしたー！　一度寝たら朝まで起きない人だから、油断していたよ！

彼は額に手の甲を載せて顔だけこちらに向け、腰が抜けた人みたいに崩れ落ちている私を、とろんとした瞳で捉える。なぜこれだけでセクシーに見えるんだ。

「お、起きてたの？」

「ん……寝ようとしてた。落ちる寸前だったよ」

「ベッドに行きなって！」

　胸に手を当て、ドクドクと鳴っている心臓を宥めていると、彼があくびをしてむくりと起き上がった。くしゃくしゃと頭を掻き、眠そうな顔で言う。

「今、なんかすーすー言ってたよな。どうした？」

　やばい、やっぱりあの間抜けな言葉を聞かれていたんだ。

　なんとか自然なごまかし方はないものかと、視線を泳がせ、頭をフル回転させる。

「ええっと、す、ス……ストレス溜まってない？って思って」

　咄嗟に浮かんだ〝す〟から始まる言葉を口にして、へらりと笑った。

　寝ている人にそんなことを聞こうとしていたなんて、無理がありすぎる。瑠莉と話して、尚くんの性欲処理問題について気になっていたから、つい出てしまった……。

　眠気が覚めやらない彼は、まだぼうっとしたまま、不思議そうに小首を傾げる。

「ストレス？　さほど溜まってないと思うけど、そんなふうに見えるか？」

「いや、その、ちょっと……。でも、たいしたことじゃないから」

　曖昧に濁す私に、尚くんは小さく笑い、ペットボトルに手を伸ばす。

「なんだよ、はっきり言っていいぞ。俺には健康でいてもらいたいんだろ」

はっ……確かに。これは男性機能に関わる問題だし、ちゃんとしておいたほうがいいかもしれない。大事な尚くんの身体のことだもんね。

考え直した私は再び正座をして、ミネラルウォーターに口をつける彼を見上げる。

「あのね。尚くん、いろいろ我慢してるんじゃないかなって思ったの。その……性欲、とか」

「ぶっ」

思いきって口にした直後、尚くんは飲んでいた水を吹き出しそうになっていた。

軽くむせる彼は一気に覚醒したのか、ギョッとした様子でこちらを凝視する。だが、私は構わず話し続ける。

「健全な男の人だもん、どうしようもなく悶々としちゃうときとかあるよね。そういうのが続いたら、身体に悪いのかもって」

「おま……っ、キョウ！　どこでそんなこと覚えてきたんだよ⁉」

「それくらい、前から知ってるってば」

前のめりになって動揺しまくる旦那様に、至極冷静に返した。

この人、〝キョウはコウノトリが赤ちゃんを運んでくると思っているだろう〟と勘違いしていたりしないでしょうね……。

これでも人並みの知識だけは瑠莉と共有してきたんだよ、と心の中で呟き、尚くんの本心を探るように見つめ続ける。

彼はものすごく困った顔をしつつも、私の視線の圧に耐えられなくなったのか、遠慮がちに口を開く。

「我慢してないとは言えないが、それなりに解消してるから心配すんな」

目を合わさず、苦笑交じりにそう返され、ピクリと反応する私。

『それなりに解消してる』？　ってことはまさか、瑠莉が懸念していた通り、風俗を利用していたり……⁉

もしそうだとしたら、すごく嫌だ。

私では満たしてあげられないのだから、仕方ないのかもしれない。けれど、好きな人が自分以外の誰かに欲求をぶつけている可能性を考えると、いても立ってもいられない。

急激に焦燥と危機感が募った直後、自分にもできることを思いついて、「尚くん！」と呼びかけた。キョトンとする彼に、真剣な面持ちで伝える。

「私、尚くんの妻なんだし、できることはするよ」

「できること?」

「……キス、でよければ」

穏やかな二重《ふたえ》の瞳が、息を呑《の》むようにわずかに見開かれた。

キスするだけでも、少しくらいは欲求不満を解消できるんじゃないか。そう思って勢いで言ったものの、彼を満たすほどのテクニックなど併せ持っているはずもなく、すぐに自信がなくなってくる。

「ダメかな、それだけじゃ」と弱気な声をこぼして、肩をすくめた。

そのとき、ソファに座る尚くんが、前屈みになって近づいてくる。まだ濡《ぬ》れている頭が大きな手で引き寄せられ、彼の胸におでこがコツンとぶつかった。

ドキッとすると同時に、ため息交じりの脱力した声が聞こえてくる。

「まったく、キョウは本当に……バカだな」

「あ」

ひどい。こっちは一応真剣なのに。

でも、その話し方は全然バカにしたふうではなく、むしろどこか愛おしささえ感じる口調だったので、怒りは湧いてこない。

尚くんは困ったような笑いを漏らし、正直なひとことを口にする。

「満足するわけねぇよ、そんなんで」

「……だよね」

ショックを受けるも、わかっていた答えなので苦笑した。

私なんかのキスは、なんの役にも立たないと言われたも同然。イコール、やはり女としての魅力に欠けるってことか。無念……。

しかし、彼は続けてひとりごとのように呟く。

「キスなんかしたら、余計に我慢できなくなるだろうが」

そこはかとなく色気が漂う低音の声が耳に流れ込んできて、胸の奥が甘くざわめく感覚がした。

『余計に我慢できなくなる』って、つまり、もっと欲しくなるということ？　もしや〝満足する〟の意味の解釈が、お互いにちょっと違っていた？

落ち込みかけた気分が浮上してきたとき、両肩に手を置かれて身体を離される。

「つーか、髪冷たい。ほら、さっさと乾かす」

話も雰囲気もコロッと変えた尚くんは、腰を上げて私の手を引いた。そのまま洗面所に連れていかれ、彼が私の背後でドライヤーを構えるので、慌てて制する。

「尚くん！　いいよ、これくらい自分でやるから」

「お前の気持ちよさそうな顔が見たいんだよ」

彼はいたずらっぽく口角を上げ、なんだかちょっぴり妖しげなことを言ってドライヤーをかけ始めた。

……うん。確かに気持ちいいんだ、これ。

こうやって乾かされることは昔からたまにあって、結局、毎回されるがままになってしまう。

美容院でしてもらっても、たいして思わないのに、尚くんの手で優しく髪を弄られると、身も心もとろけそうになるから不思議。

これも子供と同じ扱いだ。なのに、今は前ほどネガティブな考えにはならない。彼の中に存在している〝キョウ〟も、それなりに成長しているんじゃないかと、自信が持てるようになってきたから。

胸を張って夫婦だと宣言できる日を心待ちにして、鏡に映る大好きな人と、セミロングの髪がさらさらと揺れるのを眺めていた。

独占欲露呈度60％

教室開放の日から数日後、順調にいっていたはずのダンジョンのサイトの件で、突然問題が発生した。

シラカバの担当者と打ち合わせをしてきた鬼頭さんは、無表情の中にも深刻そうな色を滲《にじ》ませている。

チームのメンバーが集まり、彼女の話を聞いた私たちは眉をひそめた。

「値引きしてほしい、ってことですか？」

私が要約して聞き返すと、鬼頭さんは腕組みをして「ええ」と頷く。

「予算を削減することになったそうで、どうにかして費用を抑えられないかと」

「いやー、だって、デザインはもうほとんどでき上がってるでしょう？　そもそも、見積もり段階でＯＫもらってるのに、今さら変えるなんて」

なんとも勝手なあちらの要望に、エンジニアのおじ様からも不満がこぼれた。いつもニコニコ顔の冴木さんも、今ばかりは苦笑を浮かべている。

「リリース前ならいいと思っているクライアントもいるんですよね。シラカバさんは

Web関係に疎いらしいし、簡単に対応できると考えられているのかも」

冴木さんの言葉に同意するかのごとく、皆がそろってため息をついた。

確かに、Webデザインについて詳しくない人からすると、ひとつのサイトを作るのにどれくらいの費用や労力が伴っているかは、わかりづらいかもしれない。

しかし、ここまで作り上げるのにも、結構な人件費がかかっているのは事実。それがほぼほぼ無駄になってしまうのだろうか。

「どうしますか？　向こうの要求を呑むとなると、いかにも安上がりなものになりそうですが」

冴木さんは懸念しながら鬼頭さんに問いかけた。彼女はしばし黙考したあと、硬い表情のまま口を開く。

「……あちらの希望に応えるしかありません。今回の案件に満足していただければ、さらに大きな仕事を任せてもらえるのですから」

そう、実はダンジョンの件がうまくいったあかつきには、シラカバ全体のサイトも頼みたいとおっしゃっているらしいのだ。

とはいえ、予算が削減されたのなら、あまり質のいいものにはできなそうだが。

とにかく、新たな仕事を得るために、今回の件で事を荒立てるわけにはいかない。

それが鬼頭さんの出した結論なら、そうする他ないのだろう。

鬼頭さんは目を伏せ、無念そうに声のトーンを落とす。

「私たちが熱意を込めて作ったものを、いとも簡単に『作り直して』と言われるのは、何度経験してもつらいものですね……」

彼女が落胆している姿を初めて見て、私もさらに胸が痛くなった。

ダンジョンがお気に入りである彼女にとっても、初めてチームのメンバーに加わった私にとっても思い入れのある案件だから、余計に切ない。

皆が沈黙する中、鬼頭さんは気を取り直すように背筋を伸ばし、ひとつ息をついた。

「これはビジネスだと割り切って、低価格のデザインに変更しましょう。まず、トップページのアニメーションを見直して――」

「待て、鬼頭」

突然、彼女の言葉を遮るメンバー以外の声が降ってきた。

皆と同様にパッと見上げれば、久礼社長が真剣な表情で立っている。彼は片手をテーブルにつき、私たちを見回して言う。

「俺が話をつけてくる。とりあえず各々、他の案件に取りかかっていてくれ」

「えっ、社長……⁉」

戸惑う鬼頭さんに構わず、バッグを持った尚くんは颯爽とオフィスを出ていく。

話をつけるって、どうするつもりなんだろう。

他の皆も、首を傾げたり目をしばたたかせたりして、彼の背中を見送るだけだった。


約一時間後、戻ってきた尚くんは、何事もなかったかのような顔で私たちに告げた。

「ダンジョン、これまで通りに続けていいぞ」と。

あっさりと、もとに戻った話に、私たちはぽかんと呆気に取られた。中でも一番驚いている鬼頭さんは、半信半疑な様子で腰を上げる。

「これまで通りでいい……って、社長、なにをしたんです？」

「別に、なにもしていない。『コストを数パーセント下げたいですか？　それとも集客を数百パーセント上げたいですか？』って聞いただけ」

なんでもないことのように口にされた言葉だが、鬼頭さんも他の皆も、はっとするのがわかった。

そっか……値引きをして安っぽいサイトを作るより、魅力的なものを作って多くのお客を集めたほうが、結果的にダンジョンにとってプラスになるのか。

なるほど、と納得していると、尚くんは私たちに凛々しい眼差しを向ける。

「俺たちの仕事は、クライアントの言いなりになることじゃない。クライアントの売上を拡大するために、貢献する宣伝媒体を作ることだろ。立場はあくまで対等だ」

落ち着いた口調で、改めてデザインの仕事について諭す彼を、私たちはじっと見つめる。

「値引き交渉に応じればクオリティは確実に下がるし、ネージュ・バリエの価値も、皆の制作意欲も下がりかねない。もっと強気でいっていいんだ。俺たちはプロなんだから」

社長としての力強い言葉は、胸に響くものがある。ダンジョンのチーム以外の社員たちも、一旦手を止めて聞き入っていた。

尚くんは、立ちつくす鬼頭さんに近づき、穏やかな笑みを浮かべる。

「『鬼頭さんの熱意を信じることにします』って言ってたよ。お客を増やすサイト、頼んだぞ」

ポンポンと軽く肩を叩かれ、彼女の表情に安堵と感動が交じり合っていく。

ほんの少しだけ泣きそうな顔で、「ありがとうございます」と頭を下げる彼女を見て、私の胸にも温かい気持ちが広がっていた。

終業時間を迎え、各々が挨拶をしてオフィスを出ていく。私も任された仕事は終わったので、帰り支度を整える。

ロッカーから荷物を取り出していると、「お疲れさま」と声をかけられた。隣にやってきたのは、少年みたいな可愛い笑顔を見せる冴木さんだ。

「お疲れさまです。冴木さんもお帰りですか？」

「うん、ダンジョンのほうも順調だしね。どうなるかと思ったけど、社長が説得してくれてよかったよ」

「はい。本当に」

ちらりと社長様のほうを見やれば、加々美さんと話し合いながら作業をしている。今日はまだ帰れないだろう。

この会社のトップとして、ああいった問題に毅然《きぜん》と対応する彼の姿は、人としてカッコいいと思うし、惚れ惚れする。昼間のことを思い出して、今さらながら胸がときめいた。

それもつかの間、やや怪訝そうにした冴木さんが、小声でこんなことを言う。

「でもさ、あのあとも鬼頭さんが元気なかったように見えたんだよね」

「あ、それ、私も思いました」

実は、私も同じことを感じていた。ダンジョンの問題は解決したのに、鬼頭さんはずっと顔を伏せがちで、なんとなく落ち込んでいるふうに見えたのだ。

感情を読み取りづらい彼女だから、私の気のせいかとも思ったのだが、冴木さんも感じていたならきっと間違いじゃないのだろう。

「気になるよね。今もほら、〝ダサカッコいいサイトデザインのまとめ〟とかいう記事を眺めてぼーっとしてるし」

冴木さんが指差すほうへと視線を移す。確かに、頬杖をついた鬼頭さんが、面白そうな記事が映し出されたパソコンをぼんやり眺めているので、つい失笑してしまった。いつもキビキビしている彼女があんな状態になるなんて、どうしたのか、やはり気になる。

少々心配になった私は、なにかしてあげられないだろうかと考えを巡らせ、隣の彼に協力を求める。

「あの、冴木さんにお願いが……」

キョトンとする彼にちょっとした頼み事をすると、快くOKしてくれたので、さっそく鬼頭さんのもとへ向かう。

そばに寄って顔を覗き込んだ瞬間、彼女は我に返ったように目を見開いた。

「鬼頭さん、お疲れさまです。よかったら、これから冴木さんと三人でご飯食べに行きませんか？」

明るく問いかける私に、彼女は驚きと困惑が交ざった顔をする。

とても単純な、皆で食事をするという方法だが、手っ取り早く元気を出すには、やっぱり美味しいものを楽しく食べるに越したことはないと思う。三人で食事をしたことはないから、チームメンバーとしての仲をもっと深められるかもしれないし。

鬼頭さんはこういう誘いに乗り気にならなそうなイメージだけど、その場合の対処法も一応考えてある。

その予想通り、彼女は眼鏡を押し上げて遠慮がちに目を逸らす。

「いえ、私は……」

「牛丼、お店で食べれば卵追加できますよ」

以前、鬼頭さんが『今の時期、卵の持ち帰りは禁止されている』と嘆いていた、好物の牛丼。今日食べに行くのはそれだとわかった瞬間、彼女の眼鏡がキラリと輝く。

「行きましょう」

「了解です！」

あっさり気が変わった彼女に、私は心の中でガッツポーズをしていた。

【夕飯は外で食べてきます。牛丼持って帰るね】

尚くんへのメッセージをこっそり送り、さっそく三人で駅前の牛丼屋へ向かった。

男性客が多い店内のテーブル席に座って、それほど経たないうちにそれぞれの牛丼が運ばれてくる。隣の席の冴木さんと一緒に、鬼頭さんが頼んだ特別メニューを覗き込み、「へぇ～」と声を上げた。

どうやら、脂身の少ない赤身の牛肉を選んでもらい、普通より多めに具を載せられたものが彼女のお気に入りらしい。

「〝頭の大盛りで赤多め〟って、こんな感じなんだ。鬼頭さんが牛丼にこれほどこだわりを持ってたとは」

感服した様子で唸《うな》る冴木さんに、鬼頭さんはこれでもかと紅しょうがを載せつつ、

「牛丼とゲームのことならお任せください」と淡々と言う。

見かけによらない彼女は本当に面白くて、遠慮せず笑ってしまった。

しばらく和やかに談笑しながら箸を進めていると、ふいに鬼頭さんが切り出す。

「おふたり共、私に気を使って誘ってくれたんですか？」

彼女はこの食事会の意図に気づいていたらしい。私は冴木さんと目を合わせ、こく

りと頷いた。

「ダンジョンの一件から、ちょっと元気がなさそうに見えたので」

「そうですか」

鬼頭さんは、私の言葉を肯定するように目を伏せた。そして一旦箸を置き、ゆっくりと話しだす。

「……自分に失望していたんですよ」

私たちも手を止め、彼女の話に耳を傾ける。

「私、愛想がないので、クライアントと打ち合わせをすると、態度が悪いと取られることがたまにあるんです。なんとか笑顔を作ってみるんですが、それも不自然で怖いらしくて」

無表情で語っていた鬼頭さんは、「こうやって」と、ギギギと音がしそうな調子で無理やり口角を上げた。

……うん、引きつっている。

冴木さんも苦笑するしかないみたいだ。自然に微笑めば、すごく綺麗なのに。

以前、一度だけ見た微笑みを思い返している間にも、アンドロイドな彼女は表情を無に戻して話を続ける。

「ダンジョンなら、いいものを作ってみせる自信があったので、その熱意で愛想の悪さもカバーできるんじゃないかと思いました。だから今回、一生懸命に作ったものをないがしろにされたショックももちろんありましたが、希望通りにしなければクライアントに見放されるかもしれない、という怖さも大きかったんです」

一気に心情を吐露した鬼頭さんは、ひとつため息をついた。

なんとなく、彼女は他人の目など気にしないだろうと思っていたが、そんなことはなかったらしい。至って普通の女性なのだ。

鬼頭さんもこんなふうに悩んでいたんだなと、親近感が増す。

「社長が言っていた〝プロとしてのプライド〟を持たなければいけないことはわかっていたはずなのに……。そんなくだらない私情を挟んでいたなんて、自分に嫌気が差しますよ」

辟易《へきえき》する、といった調子で吐き出した彼女は、お冷やのコップに手を伸ばした。

その直後、「くだらなくないですよ」という穏やかな声がかけられた。

優しい笑みを浮かべた冴木さんが、向かい合う鬼頭さんを見つめている。

「鬼頭さんの気持ち、よくわかります。相手に嫌われたくないっていう思いは、きっと誰もが持っているものだろうし」

冴木さんの言葉には、私も同感。ただ、その最後のほうは彼も伏し目がちになって、どことなく表情が暗くなった気がした。

……どうしたんだろう。いつも明るくにこやかな彼にしては珍しい。

若干気になったものの、すぐに目線を上げた彼は普段通り人懐っこく笑っていたので、些細な引っかかりは呆気なく消えていく。

「でも、今回のことで俺も勉強になりました。クライアントの言いなりになってばかりじゃなくてもいいんだって」

「前の会社では言いなりだったんですか」

だいぶ柔らかな表情になった鬼頭さんが口を挟むと、冴木さんは嘲笑を漏らして認める。

「そうですよ。会社自体が〝クライアントが神様！〟っていうスタンスだったんで、どうしようもなかったんです」

それを聞いた私と鬼頭さんは、そういえばブラックだったっけ、と察して無言で頷いた。

尚くんが社員を大切にする社長でよかった。とはいえ、今回クライアントを説得できた要因は、彼の交渉術だけじゃないはずだと思い、私は口を開く。

「鬼頭さんの熱意が伝わっていたからこそ、向こうも納得したんですよね。本当によかったです」

「……ええ。救われました」

口元を緩める鬼頭さんからは、安堵と嬉しさが滲み出ているのが伝わってきた。

そんな彼女をまじまじと見つめていた冴木さんが、若干身を乗り出して言う。

「鬼頭さん、自然に笑えるじゃないですか。すごくいいですよ、今の表情」

「えっ」

突然褒められて、ふいを衝かれたのか、鬼頭さんはギョッとしたように、眼鏡の奥の目を丸くした。

私も同じことを思っていたので、うんうんと頷いていると、冴木さんが魅力的な笑みを湛えてさらに続ける。

「あと、俺も鬼頭さんのデザイン好きです。これからもいろいろ教えてください」

おお……別に告白じゃないのに、そもそも、自分に言われているわけではないのにドキッとしてしまった。当の本人はきっと動じないだろうに。

「……あ、ありがとう、ございます……」

消え入りそうな声が聞こえてきたので視線を前に向けると、ほんのり赤く染まった顔を俯かせ、肩をすくめる彼女がいる。

あ、あの鬼頭さんが……乙女になっている！　意外！

照れまくる姿はとっても可愛らしくて、こちらもニンマリしてしまう。彼女の心の内を覗けただけでなく、新たな一面まで見られて嬉しくなった。


食事を終えた私たちは、長居せずに店を出た。熱帯夜であろうかというくらいの暑い空気に包まれるも、気分は清々しい。

鬼頭さんもだいぶスッキリとした様子だ。ビジネスバッグを肩にかけ、背筋をシャンと伸ばした姿勢で、私たちに軽く頭を下げる。

「今日はありがとうございました。元気、出ました」

「よかったです。明日からも、よろしくお願いします！」

明るく言うと、彼女もわずかに口角を上げて「こちらこそ」と返してくれた。

鬼頭さんの家は、駅に向かう私たちとは別方向なので、ここでお別れとなる。

去り際に冴木さんと目が合った彼女はパッと顔を逸らし、眼鏡を押し上げつつ、ぺこりと会釈した。

その頬がほんのり薄紅に色づいていることに気づき、私はピンときた。もしかしたら鬼頭さんは、冴木さんのことを意識し始めたんじゃないか、と。

もしそうだとしたら、クールビューティーな女上司と、年下イケメンとの恋に……。

これは胸キュン必至！

勝手な妄想を加速させ、含み笑いしてしまう。そんな怪しい私に冴木さんは気づく素振りもなく、去っていく鬼頭さんの後ろ姿を安心したように見送っている。

「鬼頭さん、立ち直ったみたいだね。キョウちゃんが誘い出したおかげだ」

「いえ、冴木さんが相談に乗ってくれたおかげでもありますよ」

私はただ、きっかけを作っただけ。冴木さんが親身に話を聞き、温かい言葉をかけたことが、彼女にとって大きな助けになったに違いない。

「こんなに話せたの初めてだし、誘ってよかったです。鬼頭さんが愛想のことで悩んでいたのは意外でしたけど」

つい先ほどの彼女の話を思い返していると、冴木さんは「うん」とひとつ頷き、なんとなく意味深な笑みを浮かべる。

「自分に嘘がつけない正直な人なんだよね。俺からしてみたら、ちょっと羨ましいよ」

……羨ましい？

そのひとことが少々引っかかり、隣に立つ彼を見上げる。ふわっとした厚めの前髪の下にある瞳は、どこか遠くを見つめていた。

自分に正直な鬼頭さんが羨ましいということは、冴木さんは自分に嘘をついているってこと？

ふいに、以前鬼頭さんが『彼自身に問題があるように思えます』と言っていたことを思い出す。

そういえば、さっき三人で話していたときも一瞬、表情が暗くなった気がしたし、本当になにか抱えているものがあるのかも……。

今頃になって鬼頭さんの発言に信憑性《しんぴょうせい》を感じ始めるも、彼がパッとこちらを向いた拍子に、その考えは頭の隅っこに追いやられた。

「キョウちゃん、家どこ？　近くなら送るよ」

「ああ、大丈夫ですよ！　お気になさらず」

普段となんら変わりない調子で聞かれ、私は軽く手を振って遠慮した。

気持ちはありがたいが、家に久礼社長がいると知られたら、どえらいことになってしまう。

すると、冴木さんは小首を傾げ、探るように私を見つめて問う。

「もしかして、彼氏いる？」

「や、彼氏は……」

否定しようとして、言葉に詰まる。これまで同じことを聞かれたときは『いません』と否定していたのに、どうしてか今は、尚くんの存在をまったくないものにはしたくない。

かといって旦那様がいる事実を打ち明ける勇気はまだないので、考えを巡らせて、こう答えることにした。

「彼氏はいないけど……好きな人なら、います」

ちょっぴり恥ずかしくて、ほんのり火照《ほて》る顔を俯かせた。

本人に告白しなきゃいけないのに、これだけで恥ずかしがっていてどうする！と、心の中で自分を叱咤《しった》する。

目をしばたたかせた冴木さんだったが、すぐに優しく微笑み、「そっか。うまくいくといいね」と応援してくれた。

本当にいい人だな、と感じる一方、彼が抱えているかもしれない〝なにか〟が再び頭の中を巡り始める。でも、悩みや秘密のひとつやふたつは皆が持っているものだし、詮索することではない。

ただ、冴木さんの恋愛事情についてはちょっとだけ気になる。今、彼女はいるのかとか、好みのタイプとか。もし鬼頭さんが恋に落ちたのだとしたら、全力で応援したいな。

ふたりの気持ちを勝手に決めつけてはいけないのに、どうしても期待してしまう。

「じゃあ、改札まで一緒に行こう」と言う彼に従って歩く私の胸には、瑞々《みずみず》しい果実みたいな甘酸っぱさが密かに広がっていた。


だいぶ住み慣れた上品な外観のマンションに着くと、エレベーターで私たちの部屋がある二十階を目指す。

最上階から二階下で、防犯や騒音の面などでは、特に不満を感じたことはない。むしろ、私には贅沢《ぜいたく》すぎる住まいだ。

ドアを開ければ、柔らかな明かりに迎えられる。私が先に帰っていることのほうが多いから、なんだか不思議な気分。

リビングダイニングに向かい、ラフなTシャツ姿でお酒とおつまみを用意している旦那様を見ると、自然に笑顔になる。

「ただいま〜。ごめんね、ご飯食べてきちゃって」

「おかえり。全然いいけど、珍しいな。キョウが急に飯食って帰ることになるなんて」

意外そうな顔をしている彼に、含み笑いを浮かべて「ちょっとね」と返した。

そして、ビールと枝豆が置かれたダイニングテーブルに、お持ち帰りした牛丼をドンと置く。

「はい、牛丼。頭の大盛りにしてもらったよ」

「ありがとう。つーか、よく知ってたな、そんな頼み方」

席に着いた尚くんは、またしても意外そうな顔をした。鬼頭さんのオススメを試しに尚くんにあげてみようと思ったのだけど、反応はいかがなものだろう。

「なんか、やたら嬉しそうじゃないか」

尚くんの向かいの椅子に座ると、さっそくビールで喉を潤した彼にそう言われ、はっとする。

うわ、私、今ニヤけてた？　鬼頭さんの可愛らしい一面を思い出していたからかな。気持ち悪いな、自分。

頬を両手で覆い、牛丼を頬張る彼を眺めつつ、今日のことを掻いつまんで話す。

「うん、楽しかったの。鬼頭さんと冴木さんと、三人で食べに行ってね」

「冴木？」

彼の名前で反応を示した尚くんは、ぴたりと動きを止めて、わずかに眉根を寄せる。

「なんで冴木がいるんだ」

「なんでって、チームメンバーだからに決まってるでしょ」

なぜか声を強張らせる尚くんに、私は当然だという調子で返した。

冴木さんがいたら、なにか悪いことでもあるんだろうか。別に、彼とふたりきりで食事をしに行ったわけではないのに。

はっ……まさか、嫉妬？

尚くん、自分がのけ者にされたみたいに感じているとか？

「尚くんも一緒に行きたかったの？」

「そんな子供みてーなヤキモチ焼くか」

真面目に問いかけたのに、彼はあからさまに脱力し、目を据わらせてツッコんだ。

じゃあなによ、と他の理由を探ろうとしていると、彼は不機嫌そうな顔で「ただ……」と続ける。

「お前が、他の男の匂いつけて帰ってくるのが気に食わないだけだ」

男の、匂い？

まったくもって予想外の言葉が飛んできて、目を点にした私は、バッと自分の袖に鼻をくっつける。

嘘、匂いなんてする⁉　冴木さんは移り香がするほどの香水はつけていないはずだし、この家で使っている柔軟剤の匂いしかしないよ……⁉

肩の辺りを必死にくんくんしていると、小さな笑い声が聞こえてくる。尚くんは呆れが交ざった調子で「鈍感なやつ」と呟き、おもむろに腰を上げた。

逆に、あなたが匂いに敏感すぎません？と心の中で反論していた、そのとき。背後から腕を回され、しっかりと抱きしめられた。突然身体が密着して、息が止まりそうになる。

「わからなくていい。こうやっていれば掻き消せるから」

耳元で、甘さとほろ苦さが交ざったような声が響き、私はよく意味を理解できないながらも、胸が鳴るのを感じた。

それと同時に、爽やかな果実の香りが鼻をかすめる。ふたりで使っているシャンプーの香りだ。

尚くんはシャンプーにも特にこだわりがなく、私が愛用しているものを一緒に使うという大雑把さ。でも、それがちょっぴり嬉しかったりもする。

髪も、服も、私たちはいつも同じ香りをまとっているのだ。今だって、他の男性の痕跡なんてついていないと言いきれる。尚くんが掻き消す必要はない。

「……私、尚くん以外の匂いはしないと思うよ」

安心する温もりに包まれる中でぽつりと呟くと、ほんの少しの間があったあと、私を抱きしめる腕の力が強められた。

「……そうだよな。悪い、変なこと言って」

どこか嬉しそうで、けれどそれだけではなさそうな、複雑な感情が入り交じった声が聞こえてくる。

尚くん、どうしたんだろう。うまく説明できないが、なんだかいつもと様子が違う気がする。

彼の考えていることを読み取れないのは、生きている年数の違いからなのか、男と女だからなのか。

しっかりと回されている腕に自分の手を重ねつつ、私はなんとも言えないもどかしさを抱いていた。

半熟な片恋

セカンドキスの糖度は測定不能

手際よくシェイカーを振ったバーテンダーが、三角形のグラスに淡い黄色のカクテルを注ぐ。

バーカウンターの上には、ホルダーにつり下げられたたくさんのワイングラスが、照明を反射してシャンデリアのごとく輝いている。その下で、私はカクテルが作られる様子を興味深く眺めていた。

こういうところに来たのは初めてだ。今日のようにネージュ・バリエの暑気払いという名目でなければ、未成年の私には縁のない場所だから。

ビルの二階にあるここは、尚くんがロゴデザインや広告などを手がけたフレンチレストラン。今はバーラウンジのスペースを私たちが貸しきり、立食パーティーが行われている。

店内はカジュアルシックな雰囲気で、外にはバルコニーもあり、本格ビストロを楽しめる人気店だ。普段は予約でいっぱいなのだが、今夜は久礼社長様のコネでなんとかしてもらったらしい。さすがだ。

二十名ほどがわいわいと談笑し、料理とお酒を楽しんでいる中、私はひとり寂しくソフトドリンクを頼むべくカウンターにやってきたのだった。

グラスに注がれたオレンジジュースを受け取り、やるせない小さなため息と、ひとりごとを吐き出す。

「子供感が半端ない……」

「あと少しの辛抱だ」

隣から声をかけられて振り向けば、空のグラスを手にした社長様が、カウンターに片肘をついて寄りかかった。どうやら社員たちとひと通り話し終わって、ひと息つきに来たらしい。

グレーの開襟シャツを羽織った、綺麗めカジュアルな今日の私服姿も素敵だ。まあ、朝から思っていることだけれど。

尚くんは赤ワインを頼み、私に大人の余裕を漂わせた笑みを向ける。

「今度、ノンアルコールのカクテルを作ってやるよ。アマレットを使ったやつ」

「アマレット？」

聞いたことのないその名前を繰り返すと、彼はちょっぴり得意げに口角を上げる。

「杏の種が原料の、アーモンドの甘い香りがするシロップだ。ぴったりだろ、〝杏華〟に」

ふいに名前を呼ばれただけで、ドキッとした。いつもは〝キョウ〟だから、たった一文字ついただけで特別な感じがする。

些細な約束事すらも嬉しく、口元を緩めて「楽しみにしてますね」と返した。

そうしている間に、濃いボルドーの液体が揺れるグラスが差し出される。それを手にする姿も絵になるな、と懲りずに見とれていると、下ろした前髪がかかる瞳が意地悪っぽく細められる。

「皆の雰囲気に呑まれて酔っぱらうなよ」

「そこまで弱くないです」

尚くんはツッコむ私にクスクスと笑い、頭をポンと撫でて、皆の輪の中に戻っていった。思い思いに立食を楽しんでいる皆を横目に、私は泉さんと鬼頭さんが座っているソファ席に戻る。

牛丼を食べに行った日以来、鬼頭さんとはお互いに壁がなくなったかのごとく、気を使わずに接することができるようになった。泉さんもそれにつられたのか、鬼頭さんと話すことが多くなり、ここ最近は気がつくと三人でいたりする。

今もそれぞれ料理を取ってきて、三人でシェアしているのだ。周りからは異色の組み合わせだと思われていそうだけど、私は結構楽しい。

「キョウちゃんもあと少しで成人かー。早く一緒にお酒飲みたいね」

オレンジジュースを見て泉さんがにこやかに言い、私も「ですねー」と答えた。

しかし、実は一度だけお酒を飲んで酔っぱらったことがある。尚くんと暮らし始めてすぐの頃だ。

「たぶん私、アルコール弱いと思うんですけどね。前、ビールをジンジャーエールと間違えて飲んじゃったことがあって、ほんの少しでへろへろになったので」

「そんなベタな間違いをする人が本当にいたとは」

泉さんは物珍しい生き物を見るような顔で呟いた。

あのときも暑くて、お風呂上がりで喉が渇いていたから、冷蔵庫に入っていた尚くんのビールを、よく確かめずに飲んでしまったのだ。見たことのない、ビールっぽくないラベルだったから。

すぐにお酒だと気づいたものの、時すでに遅し。次第に頭がふわふわしてきて、いつの間にか寝てしまっていた。

のちに尚くんが『軟体動物かってくらい、くにゃくにゃになってて、すげー面白かったぞ』と笑っていたっけ。あのふわふわした感覚は気持ちよかったし、人様に迷惑をかけない程度になら、また飲みたいと思う。

私の隣に座っている鬼頭さんは淡々とワインを飲んでいるので、生ハムをつまみつつ話を振ってみる。

「鬼頭さんは、お酒強いですか?」

「まあ、普通です。日本酒三合くらいは平気で」

「それ、充分強いですよ」

泉さんが速攻でツッコんだ。鬼頭さんはもしかしたら、ザルと呼ばれるタイプなのかもしれない。すごいなと単純に尊敬していると、泉さんがなにかに気づいたらしく、

「ねえ、見て」とカウンターのほうを指差す。

そこにいたのは、ピンク色のカクテルにパイナップルがついたグラスを受け取っている冴木さんだ。

「冴木くん、女の子が好きそうなカクテル頼んでるー。似合いすぎ」

おかしそうに笑う泉さんの言葉に、鬼頭さんがぴょんと肩を跳ねさせ、あからさまな反応を見せた。なんてわかりやすい……。

そういえば、今日の彼女は珍しくスーツではなく、オフィスカジュアルなスカートスタイル。冴木さんも参加する食事会だし、もしかしたらちょっと女性らしさを意識

しているのかもしれない。

　本人に聞くまでもなく、これはやっぱり恋だな、と結論づける。なんとか接点を持たせてあげたいというお節介から、私はそのきっかけを作ることにした。

「彼、こっちに呼びますか。私たち、まだ話してないし」

「うん。いいね」

「ひえっ⁉」

　さりげなく提案すると、賛同する泉さんと同時に、鬼頭さんが声を裏返らせた。

　突然、私から若干引き気味になって身体を縮める彼女に、泉さんがキョトンとして注目する。

「どうしたんですか？　鬼頭さん。ホラー映画のヒロインみたいな声出して」

「こ、このまま三人で話しましょう！　三人がいいです」

「冴木さん、苦手なんですか？　ゲームの話で盛り上がれそうだなと思ったのに」

「いいいいえ、苦手なわけでは……」

　あたふたしまくる鬼頭さんに、泉さんは無邪気な質問を投げかけている。

　不思議そうにしていた泉さんだったが、しばらくしてピンときた様子だ。『ははーん』とでも言いたげなニヤけ顔になり、「な～んとなくわかったかも」と頷いた。

そして、ずいっと身体を前のめりにして、きっちりポニーテールと眼鏡はいつも通りの彼女を、真剣な表情で見つめる。

「鬼頭さん。ただ想っているだけで実る恋って、現実にはほとんどないですよ。男が好きになるのは話しやすい子とか、一緒にいて癒やされる子がほとんどですから。もしくは、ナイスバディな可愛い子」

当たらずといえども遠からずのその意見に、鬼頭さんは目をしばたたかせたあと、

「……どれも当てはまりません」とボソッと呟いた。

鬼頭さん……もう認めたも同然じゃないですか。ああ、無表情だけど可愛い。

泉さんもとても嬉しそうに、かつ楽しそうにしている。以前は私と冴木さんがお似合いだと言っていたものの、どうやら私にはその気がないと踏んだのだろう。彼女は鬼頭さんの手をぐっと握って、明るい声で励ます。

「大丈夫、ふたりにはゲームっていう共通の話題があるじゃないですか！　今話して距離を縮めましょう。絶好のチャンスです」

「そうですよ。私たちもサポートしますから」

ふたりで盛り上がるも、鬼頭さんはあまり乗り気ではないらしく、俯き気味だ。

「……こんな地味な私に好意を持たれていると知ったら、彼はきっと引くに違いあり

ません。二十七にもなって、ろくな恋愛経験もない女なんて」

彼女は自嘲する言葉をこぼし、ワインをぐいっとひと口、喉に流し込む。

そうか、鬼頭さんはとってもウブで純粋で、自分に自信がないんだ。いいところはたくさんあるのに、気づいていないのだろう。

さらっと褒める冴木さんならきっと、彼女の自信を引き出せるんじゃないだろうか。勝手な推測だけれど、ますます応援したい。

私は三人で食事をしたときのことを思い返し、穏やかに諭す。

「冴木さんは、そういうことでは引かないはずですよ。この間、鬼頭さんに元気がないって気がついていたし、お世辞じゃなく笑顔もいいって言っていました。相手の本質を見ているというか……ちゃんと向き合う人だと思います」

鬼頭さんがゆっくり顔を上げる。そこにはわずかな希望が浮かんでいるように見え、これから彼女がいい方向に変わっていきそうな予感を抱いた。

「じゃあ私、呼んできますね」

嬉しくなった私は意気揚々と腰を上げ、カウンターに並んでエンジニアの社員と話している冴木さんのほうへ向かおうとする。

しかし、鬼頭さんはまだ心の準備ができていないらしい。

「ああっ、でも、ゲームの話をするとなると、私が重度のゲーマーであることを露呈しなければならないわけで……！」

「もうバレてますって」

頭を抱えて悶《もだ》える彼女に、泉さんが冷静なツッコミを入れた。そして、あーだこーだとひとりごちる鬼頭さんに構わず、片手で口を隠して私にこそっと伝える。

「キョウちゃん、とりあえず彼を引き止めておいて」

「わかりました」

了解して、鬼頭さんが決心するまでの間、冴木さんと話しているべく、私はカウンターに向かった。ちょうどエンジニアのおじ様が離れていったので、入れ違いになる形で冴木さんの隣を陣取る。

「冴木さん、お疲れさまです」

「あ。お疲れ、キョウちゃん」

いつもの笑顔を見せた彼は、「なにか頼む？」と聞いてくる。私は小さく首を横に振り、テーブルに置いた自分のグラスを指差した。

「大丈夫です。さっき頼んだばかりなんで」

「オレンジジュース？　そっか、未成年だもんね。可愛い」

彼が屈託なく笑って、なにげなく口にした〝可愛い〟は、子供に対するそれと似たものだろう。嫌味な感じはまったくないが、私もちょっとからかいたくなる。

「冴木さんこそ。なんですか？　この乙女なカクテル」

「ストロベリー・コラーダってやつ。初めて頼んでみたけど、想像以上にピンクでびっくり」

そう言ってストローでちゅーっと吸い上げる彼が、男性にしておくのはもったいないくらい可愛くて、つい笑ってしまった。でも、大きめのデザインTシャツの重ね着は、年相応の男の人らしくてよく似合っている。

いつもオシャレだなと思っていると、彼は少し考えを巡らせるように黙ったあと、こちらに向き直ってこんな提案をしてくる。

「ね、キョウちゃん。バルコニーに出てみない？」

「あー……」

ここで外に出たら、すぐ戻るわけにもいかなそうだし、どうしよう。鬼頭さんの状況は……？

ちらりと席のほうを見やると、ちょうど泉さんと視線が合う。その向かい側には、いまだに頭を抱えている鬼頭さんの姿が。

泉さんは、やれやれといった表情で『ごめん、延ばして』と、口パクとジェスチャーで訴えてきた。

この調子だと、話せるにはまだまだかかるな……。仕事中は問題なく話せているのに、こういう場だと途端に緊張してしまうんだろう。気長に待つことにしよう。

私は冴木さんに笑みを向け、「いいですね。出ましょう」と答えた。

バルコニーには、パラソルと木製のテーブルセットが置かれている。周りの建物の明かりが幻想的なこのスペースも、今夜は私たち専用だが、皆は冷房がきいている中のほうがいいらしく誰もいない。

「うわ、ぬるい」

「あはは。でも、夜風に当たるのは気持ちいいですね」

冴木さんと話しながら、手すりの辺りにやってきた。テーブルに一旦グラスを置き、ネオンの光で輝く街を歩く人々を見下ろす。

しばし夏の夜の雰囲気に浸っていると、手すりの上で腕組みをする冴木さんが、おもむろに口を開く。

「……なんでかな、キョウちゃんといると落ち着く。皆といるの疲れたから、ひとりになりたかったんだけど、君となら平気だ」

彼のどことなく覇気のない笑みと、意味深な発言が気になり、私は眉をひそめる。

「大人数の集まりは苦手ですか？」

「んー、ていうか……ずっと笑顔を作ってるのが苦痛なんだよね」

冴木さんは気だるげに、冷たさが交じる声で吐き出した。浮かべていた笑みも口元だけになり、虚無感のような色が濃くなっていく。

時折、彼にかいま見えていた影が、今ははっきりと浮かび上がっている。

『笑顔を作ってるのが苦痛』とは、どういうことだろう。

「……なにかあったんですか？　冴木さん、ごくたまに暗い顔をするときがあるから気になっていたんです」

こちらを一瞥した彼は、いつもとは別人に思える無表情で「そんな顔してるときがあったんだ」と呟いた。そして、なにかを決めたように手すりから身体を離す。

「ちょっと重い話してもいい？」

その前置きに若干身構えるも、彼の事情は気になるし、心配でもあるので、「はい」と頷いた。丸テーブルに移動して、お互いに店内を背にして座り、冴木さんはカクテルをひと口飲んでから話し始める。

「俺、養子なんだ。本当の親が俺に愛情を注げなくなって、六歳のときに子供がいない親戚の家に引き取られた」

　単刀直入に切り出されたのは、切ない家庭環境の話で、私は息を呑む。彼の性格からして、穏やかでいい家庭で育ったのだろうとなんとなく思っていたから、かなり意外だ。

「伯父《おじ》夫婦はいい人で、大切に育ててくれたよ。でも『もう嫌われたくない』っていう思いが強くて、不満とか、言いたいことがあっても笑って従ってた。おかげで人と接するときは、常に笑顔を作る癖がついたんだ。本当の俺は、こんな愛想のいい人間じゃない」

　冴木さんは伏し目がちになって、抑揚のない声で吐き捨てた。いつもニコニコしている彼の裏側に、まさかこんな事情があったとは。

　しかし、『常に笑顔なのが、少し気味悪い』と言っていた鬼頭さんだけは、彼の笑顔の不自然さに感づいていたのかもしれない。

　この間の食事会で、『相手に嫌われたくないっていう思いは、きっと誰もが持っている』と彼女を諭し、その直後に暗い表情になったのも、こういう背景があるからだと納得した。

「だから、鬼頭さんの気持ちがよくわかるんですね」

「うん。ただ、相手の機嫌を取るために無理やりにでも愛想よくするか、しないか、その対応は正反対だけどね」

冴木さんは、茶化すようにクスッと笑った。やっと明るめの笑みが見られて、少々ホッとする。

「ブラックな会社では、俺みたいなやつは恰好《かっこう》の餌食《えじき》だから、このままじゃやばいなと思ってさ。抜け出してきて正解だった。こっちにいるほうが、自然に笑ってるときが断然多い」

「そっか……よかったです」

「それでもやっぱり、すごく疲れるときがあるんだよ。今みたいに」

安心したのもつかの間、冴木さんは足を組み、だるそうな調子で言った。

仕事中は気を張っているからよくても、そのあとのこういう会で皆に合わせて楽しく振る舞うのは、確かにつらいものがあるかもしれない。

無理して笑わなくていいのに、彼の生い立ちがそうさせてしまっているのだと考えると気の毒だ。事情が違えど両親がいないつらさもよくわかるし、他人事と思えない。

私もテーブルに視線を落としていると、いくらかさっぱりとした声で、「でも」と続けられる。

「キョウちゃんには、いい意味で気を使わないでいられるんだ。愛想のいい自分を作るスイッチが完全にオフになってる。今まで、なかなかそういう相手には巡り会わなかったんだけど」

ぼんやりと夜空に目を向ける彼の口角は上がっていなくて、今は〝作られた彼〟ではないのだろうとわかる。

どうして私が特別なのかは謎だが、素を見せてくれるって嬉しい。彼にとって居心地がいいのなら、ぜひ役立ててもらいたい。

「スイッチ、切ったままでいいんですよ。少なくとも私の前では、楽にしていてください」

こちらに顔を向けて目を見張る冴木さんに、にこりと微笑みかける。

「いつでも誰にでも、笑顔で接しなくたって、冴木さんのことを嫌いになる人はいません。だって、もともと持っている人柄が素敵だから。それは作り物じゃないでしょう？」

真面目に仕事と向き合って、誰の悪口も言わず、人の気持ちを汲み取れる。そういう人は、内面から魅力が溢れているものだ。

冴木さんのよさは、とっくに皆が知っているだろう。私以外にも、彼が心を開ける人はたくさんいるに違いない。そういう存在を増やせば、もっと生きていきやすくなるはず。

私は全力で鬼頭さんを推したい。外側だけ見ているとふたりは正反対だが、きっとお互いの気持ちが理解できるだろうから。

ますますうまくいきそうな気がしてきて、彼の意識を彼女のほうへ誘導してみようと試みる。

「冴木さんが素をさらけ出せるのは、私だけじゃないはずですよ。たぶん――」

「わかった」

『鬼頭さんとか』と続けようとしたとき、真顔でなにかを考えていたような冴木さんに遮られてしまった。

面食らった私の口からは、予定していた言葉ではないものが出てくる。

「なにが、ですか?」

「ひとりになりたかったはずなのに、今キョウちゃんとこうやって話をしてる理由」

ああ、それは私も気になる。どうして私を誘って、自分が抱えている事情まで教えたのか。

黙って冴木さんを見つめていると、その真剣な表情が淡い熱を帯びていく。

「君に惹かれてるからだ、きっと」

――紡がれたのは、予想外のひとこと。一瞬、思考がストップし、まばたきを繰り返す。

「……え、……ええ？」

「すれていないキョウちゃんのこと、『いいな』ってなんとなく思っていたけど、今は『愛おしい』って言葉がぴったり当てはまる」

冴木さんの口から思いもよらない事実が飛び出して、私はただただ呆然《ぼうぜん》とする。

私のことが……好き、ってこと⁉　そんな、まさか！

「この前、『彼氏はいないけど、好きな人ならいる』って言ってたよね。あのときは、いい人のフリをして応援したけど、本音は違う」

驚きと戸惑いでいっぱいの私を、彼は切なくも熱い眼差しで捉える。

「君の好きな人を、俺に変えたい、って思う」

ドキリ、と心臓が揺さぶられた。ときめきというより、動揺のほうが大きい。

ど、どうしよう。たいした取り柄もない私を好きになってくれたことは、とてもありがたいけれど、私は鬼頭さんとの恋を応援したいのに！

とりあえず、誰に言い寄られても、私は恋愛感情を尚くんにしか持てないことを伝えておかなければ。

「あの、冴木さん……気持ちは本当に嬉しいんですが、私の想いはこの先も変わりません」

「それはわからないよ。恋人じゃないなら、まだ俺にも可能性はあるだろ」

きっぱりと返され、口をつぐんだ。同時に、結婚している事実を隠していることに罪悪感を覚える。

黙り込むことしかできずにいると、彼はいつもの可愛さを潜め、男らしい力強さを露わにして言う。

「とにかく、君を特別に想っているやつがここにいるってことだけは、覚えておいて」

私は胸が早鐘を打つのを感じながら、「……はい」と答えるしかなかった。他にどうしたらいいのか、恋愛経験の乏しい私にはわからない。

そのとき、ドアが開いたらしく中の音が聞こえてきた。振り返れば、ほろ酔いの社員が数人バルコニーに出てくる。

彼らとちょっとした言葉を交わしたあと、冴木さんが「困らせてごめん。そろそろ戻ろっか」と小声で言い、私はひとまず頷いた。

とりあえず話は切り上げられたが、まさかこんな展開になるとは……。

鼓動が乱れたまま涼しい店内に入ると、バルコニーの向かいに面したカウンターに、泉さんがいるのが目に入った。

彼女も私に気づき、親指と人差し指の先をくっつけてOKサインを出している。やっと鬼頭さんの心の準備が整ったらしい。

ああ……めちゃくちゃ気まずいけれど、ここは予定通り冴木さんを連れていくしかない。ただ、彼を疲れさせないように気を配らないと。

「冴木さん、ここからは皆で話しませんか？　鬼頭さんや泉さんとも、気を使わない仲になれると思うんです」

先ほどの告白は一旦置いておき、同じ仲間として楽しく過ごしたい気持ちを伝えた。

もしかしたら嫌かな……と懸念したものの、冴木さんは嫌そうな顔など見せず、むしろとてもいい表情で「そうだね。ありがと」と返した。

それに安堵して席に向かおうとしたとき、彼が思い出したように足を止めて、こちらを振り向く。

「あと、俺のあんな話にも付き合ってくれて、ありがとう」

優しい微笑みと共にお礼を言われて、私も自然に笑顔になった。いくらか心が軽くなっただろうか。彼の役に立てたなら、素直に嬉しい。

しかし、彼の気持ちには応えられない。私の尚くんへの想いが実るかどうかもわからないが、たとえ失恋しても、しばらくは誰も好きになれないだろう。

複雑な心境で、鬼頭さんが待つ席へ戻ろうとしたとき、ふとお手洗いに向かう通路の辺りにいるふたり組が目に入った。

ひとりは、腕組みをして立つ尚くん。もうひとり、彼と向かい合って話しているのは、スレンダーで綺麗な女性だ。

ショートボブの髪に、大人っぽいパンツスタイルの彼女は、尚くんを見上げて色っぽい笑みを浮かべている。それを見た瞬間、胸の奥でドクンと重い音が響いた。

ネージュ・バリエの社員ではない彼女には、見覚えがある。高校生の頃に、しかもほんの一瞬見かけただけなのに、なぜすぐに思い出せたんだろう。

尚くんとふたりで街を歩いていた、恋人らしき、あの女性を——。

胸をノックされているような嫌な音が、みるみる大きくなり、ざわざわと不穏な波紋が広がっていく。

「なんで……」

ふたりを凝視してぽつりと呟いたとき、ソファ席から泉さんの明るい声が投げかけられる。

「キョウちゃん、どうしたの？　おいでよー」

「あ……すみません」

無意識に立ちすくんでいた私は、ふたりからパッと顔を背け、慌ててもとの席に座った。

……大丈夫、別に心配することはない。偶然会って、懐かしくなって話しているだけだ。そんなの、よくあることでしょう。

そう自分に言い聞かせ、脳裏にちらつくツーショットをなんとか消し去ろうとする。今は冴木さんと皆で楽しく話すことに集中しよう。

考えを逸らすべく、汗を掻いたグラスを手に取り、オレンジジュースで喉と荒立ちそうな心を潤した。

鬼頭さんはものすごく緊張しているのが伝わってきたけれど、ゲームの話が進むにつれ饒舌《じょうぜつ》になり、ようやく本領発揮できてきた感じ。

冴木さんも、この笑顔が無理をしているものだとしたら役者になれるよ、というくらい自然に笑って楽しんでいた。

もちろん、私も楽しい。ただ、尚くんと元カノらしき女性のことを無理に消そうとするのは逆効果だった。余計に頭から離れなくて、ちらちらと様子を窺ってしまう。

あれからすぐ尚くんはこちらに戻ってきて、再びお酒を酌み交わしているものの、どこか表情が浮かない感じがする。

なにかあったのかな……なにを話していたんだろう。

どうにも気になりすぎて、カウンター席に座る彼をついじっと見ていたとき、その視線を察したかのごとく彼がこちらを振り向いた。私はギクリとして、咄嗟にそっぽを向く。

変に思われただろうか。目が合った一瞬、なんとなく怖い顔をされたように見えたのは、気のせい？

なんか、前にもオフィスで似たようなことがあったな……とデジャヴュを感じていると、斜め前にいる冴木さんが、やや心配そうに私を見ていることに気づいた。

「キョウちゃん、大丈夫？　顔が強張ってるよ」

「えっ」

「具合悪い？　お酒飲んでないのに酔っぱらっちゃった？」

目の前の泉さんも、茶化しつつも気にかけてくれるので、勘違いさせないよう私は笑顔で首を横に振る。

「いえ、全然大丈夫です。お腹はいっぱいだけど、まだ飲めますよ」

「野々宮はそろそろお帰りの時間だろ」

突然、頭上から落ち着いた低音ボイスが降ってきた。振り仰げば、尚くんが無言の圧力をかけて私を見下ろしている……。

そういえば、『お前はあまり遅くならないうちに帰れ』と忠告されていたんだった。今の時刻は十時でそれほど遅くもないし、過保護さ全開だが、不機嫌そうなので仰せの通りにしよう。

素直に従うことにした私は、苦笑を漏らして皆に頭を下げる。

「あー、そうですね。すみません、私はお先に」

「え〜、寂しい」

ほろ酔いの泉さんは、ほんのり赤くなった頬を膨らませた。鬼頭さんは律儀に会釈を返し、「お気をつけて」と声をかける。

それに続いて腰を上げようとするのは冴木さんだ。

「じゃあ、俺が送──」

「いいよ、冴木。それは俺の役目だ」

さらりと断る尚くんに、私も他の皆もキョトンとする。

役目って、尚くんが送ろうとしているの？　そんな約束はしていないし、社長である彼は、まだ会を抜けるわけにはいかないと思っていたのに。というか、ひとりで帰ったって平気だ。

おそらく、一般的な女性へのマナーとして私を送ろうとしたであろう冴木さんも、戸惑った様子で問いかける。

「社長もお帰りになるんですか？　まだまだ楽しんでいかれても……」

「充分楽しんだよ。ありがとう」

尚くんは紳士的な笑みを向けるが、私に付き合わせてしまうのは申し訳ない。送る気満々みたいだから無駄だろうけど、とりあえず遠慮してみる。

「社長、私なら大丈夫です。酔っぱらっているわけでもないですし」

「いいから甘えろ。俺は、お前の――」

『旦那だろ』と、たぶん言いたかったのだと思う。

タイムを要求したい気持ちで目を見張る私を見て、彼は一旦言葉を区切り、真面目な顔で改めて言う。

「お前の……保護者だろ」

「違います」

無愛想で即座にツッコむと、泉さんがおかしそうにケラケラと笑った。

おかげで皆は、いつもの野々宮マニアっぷりが発揮されているだけだと感じたことだろう。どうぞどうぞ、と快く送り出され、結局ふたりで帰ることになった。

冴木さんだけは少し複雑そうな顔をしていたな……。もしかしたら、私たちの間にはなにかがあると感づいたのかもしれない。

店の外でタクシーを拾って乗り込み、走り始めたところで、私は夜になっても明るい街を眺めながらぼやく。

「久礼社長がいないと、皆、寂しがるんじゃないかな。ていうか、私たちの関係がますます怪しまれている気が」

別れ際の冴木さんの様子を思い出して、微妙な顔をしていると、尚くんは窓枠に頬杖をついて気だるげに言う。

「もういいんじゃないか。バレたって」

「うーん……」

確かに、ただの社員にする対応とは言い難い過保護っぷりを見せてしまっているし、いっそ公表してもいいような気がする。いつまでも内緒にしておくわけにもいかないだろう。

でも、それはせめて私たちが完璧な夫婦になってからにしたいという思いもある。

私が告白して、それを受け止めてもらえたら、胸を張って彼の妻だと宣言できそうだから。

そんなことを考えていると、こちらに彼の手が伸びてきて、お決まりのように髪を撫でる。

「俺は見せつけたいよ。お前がなにより大事で、特別な存在だってこと」

甘く、深みのある声が紡がれ、私の心臓が大きく波打つ。

「キョウが初めて中学の制服を着たときも、友達関係で泣いたり笑ったりしてたときも、見とれちまうくらい綺麗なウェディングドレス姿も、全部、俺だけが知ってるんだって」

彼は私の髪を指に絡め、これまでの人生にお互いが深く関わっていることを再認識するかのごとく、独占欲を露わにした。

……どうしたの、尚くん。そんな切なげで愛おしそうな目で見つめられたら、今の言葉には愛が隠されているんじゃないかって、期待しちゃうよ。

だけど、もしかしたらお酒のせいなのかもしれない。甘いセリフも、とろけそうな瞳も。

真に受けないほうがいいかも、と冷静に考え、苦笑を浮かべてあしらう。

「尚くん、だいぶ酔ってるでしょ」

「……かもな。欲情してるし」

やっぱり酔っているんだ、と納得しかけたとき、彼の口から飛び出た聞き捨てならないひとことに耳を疑った。

目を丸くして、身体を硬直させる。

「はっ？」

「これをどうにかできるのは、お前しかいない」

熱を持て余したような声で呟く尚くんに、今までにないほど激しく心臓を突き動かされる。

嘘……この私に、欲情しているっていうの？

たとえお酒のせいだとしても、そんなふうに思われていることを嬉しく感じてしまう。こんな私のほうが、よっぽど彼を欲しているんじゃないだろうか。

タクシーの運転手さんがいることも、マンションが近づいてきたこともお構いなしに、ひたすら彼を見つめ続ける。

「……私で、いいの？」

信じられない気持ちで、ぽつりとこぼした。尚くんは、優しさの中に獣のような強さを秘めた笑みを浮かべ、私の頭を引き寄せる。

「キョウがいい」

唇が重なる直前に、甘美な声がそう囁いた。


──私は今、夢を見ているのだろうか。大好きな旦那様と、骨抜きにされるくらいのキスをしているなんて。

部屋に着き、靴を脱ぐのももどかしくリビングダイニングに上がった途端、尚くんは耐えられなくなったように私の唇を塞いだ。そばにあったこのソファに優しく倒され、艶めかしいキスは激しさを増す一方だ。

静かな部屋に響くリップ音とお互いの吐息が、私の身体の奥に眠る得体の知れないなにかを疼《うず》かせる。

「んっ……な、おく……っ」

うまく呼吸ができなくて、助けを求めたいのに、尚くんは一向にキスをやめようとしない。

苦しさと気持ちよさが交じり合う不思議な感覚に、意識が遠のきそうになるすんでのところで、ようやく唇が解放された。

水から上がったみたいに、ぷはっと息を吸うと、私を見下ろす彼がクスッと口角を上げる。

「下手だな、キス」

年上男の余裕がひしひしと感じられる笑みが、ちょっぴり憎らしい。

ディープなキスは初めてなんだから仕方ないじゃない、と文句をつけたくなるも、当然ながら彼は一枚上手で。

「でも、それが嬉しい」

しっかりと私の手に指を絡めて続けられた言葉と、再び始まった熱を交わらせるキスで、どうでもよくさせられてしまった。

そう、どうでもいい。もう考えられないよ。さっきまで気になって仕方なかった、元カノらしき女性とのことも、彼がこうして私をとろけさせている理由も。

私の上に彼がいて、身体も唇もくっつけ合っているこの状況は、私たちにとっては異常なのだ。他に意識を移すことなど、できっこない。

ただただ、この人が愛おしい——。

惚けた私の頭にあるのは、それだけだった。

過去の恋は不安感70%増

スマホのアラームが鳴り、重い瞼をゆっくりと持ち上げる。次第にクリアになってくる視界に映るのは、自分の部屋の天井と、明かりが差し込むカーテン。

いつもとまったく変わらない朝。ただひとつ違うのは、唇に甘い余韻が残っていること。アラームも止めずにぼんやりとしたまま、その唇に触れてみた。

……まるで腫れているみたいに、じんとする。そんな気がするだけだけど、そのくらいたくさん、尚くんは甘噛みするようなキスをし続けた。あんなふうにされたら、もしかしたら一線を越えてしまうかもしれない、と予感するのは普通のことだろう。

尚くんになら、すべてを捧《ささ》げても構わない。彼に恋愛感情があってもなくても、私は大好きなのだから。

私の拙い舌を絡め取っていた彼の唇が、首筋に移動したとき、その予感も心臓の鼓動もさらに大きくなって、私は覚悟を決めた。

『ひゃ、あ、んん……！　っ……ん？　尚、くん？』

くすぐったさと快感で身をよじらせていたのだが、どうも様子がおかしい。首筋を軽く吸ったり、舌を這《は》わせたりしていた彼が、いつの間にか動かなくなったから。

恥ずかしくて背けていた顔を彼のほうに向ければ、長いまつ毛が伏せられている。

私は唖然とした。

なんと、彼はこの中途半端な状況で眠ってしまっていたのだ。

信じられない。どうしてくれよう、このやり場のない悶々とした気持ちと、身体の熱は……！

『この酔っぱらいが！』と、心の中で叫んだことは言うまでもない。結局、彼をソファで寝かせておき、私はそそくさと自室に向かったのだった。

尚くん、昨夜のこと覚えているのかな。どんな顔をして会えばいいんだろうか。

しばらくベッドの上でゴロゴロして悩んでいたものの、尚くんは土曜日の今日も仕事があるらしいので、のんびりしていられない。意を決してベッドから抜け出した。

そうっとリビングダイニングに向かうと、昨日のままソファで寝ている旦那様の姿がある。

まだ寝ていてよかった。とりあえず朝食の準備を始めて、この人が起きたときにどうするかはそのとき考えよう。

勝手に蘇ってくるキスの記憶を、ひたすら頭の隅に追いやりながら、胃に優しい雑炊を作り始めてしばらく経ったとき、ソファのほうで動く気配がした。

尚くんがむくりと起き上がり、ボサッと乱れたミディアムヘアが目に入る。それをくしゃくしゃと掻いて、彼は気だるげにキッチンに向かってきた。

まだ眠そうな瞳と視線がぶつかった瞬間、追いやった記憶があっさり戻ってきて、ドキン！と心臓が跳ねる。

思わず目を逸らしそうになったものの、彼はいつも通り無防備な笑みを浮かべる。

「おはよ、キョウ」

「あ、お、おはよう」

あまりにも普段と変わりないので、私は若干、拍子抜けして、しどろもどろな挨拶を返した。

尚くん、めちゃくちゃ普通だ。大人ってこういうものなのかな。

戸惑いつつも、ご飯を煮た鍋に卵を投入していると、彼は「あー、だるい……」とひとりごとをこぼす。そして冷蔵庫からミネラルウォーターを取り出し、こう言った。

「昨日、いつの間にか寝てたな。とりあえず、無事にキョウを連れて帰れたみたいでよかったよ」

小さく笑う彼を見て、私は動きをぴたりと止めた。この調子だと、昨夜の記憶はないらしい。

「覚えてないんだ……」

「ん？」

「あ、ううん！　なんでもない」

ボソッと呟いた私の声が聞こえなかったらしく、不思議そうに首を傾げる尚くんに、私は慌ててごまかした。

なんだ、そっか……。そうだよね、途中で寝ちゃったくらいだし。覚えていないならよかったじゃない。いろいろ心配して損した気分。

でも……胸にチクリと棘《とげ》が刺さって取れないような感覚にもなる。あんなにキスを交わしたのに、その事実を忘れられているのは、やっぱり切ない。

尚くんにとって、あれはただの酔った過ちだったのだろうか。それとも、酔っていたからこそ本当の想いが溢れたの──？

よし、すべては告白のときに明らかにしてやろう。そんな決意を胸に、彼への問いかけを渦巻かせつつも、いつも通りに接するよう努めた。

土日はゆっくりと休み、月曜日の今日は朝から出勤している。

トイレ前の廊下の掃き掃除をしていたとき、「おはよう」と声がした。パッと顔を向けた瞬間、ドキリとする。

声をかけたのは、こちらもほうきを手にして微笑む冴木さんだ。金曜日の告白を思い出して若干緊張しつつ、「おはようございます」と挨拶を返した。気まずくて目を合わせられず、ほうきの柄をぎゅっと握る私を見て、彼は苦笑を漏らす。

「そんなに警戒しないで。襲いかかろうってわけじゃないから」

「そ、そんなこと思ってませんよ！」

慌てて手と首を横に振ると、冴木さんは少々いたずらっぽく口角を上げて呟く。

「まあ、ふたりきりなら、なにするかわからないけど」

「え」

「今はキョウちゃんにお誘いをしようと思っただけ。今度の花火大会、一緒に行かない？」

冗談か本気かわからないひとことにギョッとしたものの、直後にされたお誘いで、再び気まずさが舞い戻ってくる。

花火大会は尚くんと行く約束をしているし、しかも告白しようと決めているのだ。これぱっかりは変えられない。

「ごめんなさい、先約があって」

「あー……遅かったか。残念」

しょんぼりする冴木さんには本当に申し訳なくて、もう一度「すみません」と謝った。すると、彼は探るような瞳を向けてストレートに問いかけてくる。

「好きな人と行くの？」

「あ、え、えーっと」

あからさまにどぎまぎしてしまう自分が憎い。ほら、冴木さんも呆れて笑っている。

「キョウちゃんは正直だね。……妬《や》けるな」

ぽつりとこぼされたひとことには、実感がこもっていて、胸がきゅっと締めつけられる。彼は気を取り直すように背筋を伸ばし、「でも、まだ諦めないから」という力強い声と、わずかな笑みを残して踵《きびす》を返した。

ああ、複雑な気分……。今までこんなに想われたことがないから、本当に戸惑ってばかりだ。

冴木さんのアプローチに心を乱されつつ、三日間のお盆休みに突入した。尚くんのご家族とは都合が合わなかったため、ご挨拶は延期になり、私は学校の課題に明け暮れた。そうして、あっという間に訪れた金曜日。今日も一日通しで出勤している。

明日はいよいよ決戦の花火大会だ。そのことを考えるとドキドキソワソワして落ち着かないが、仕事はミスなくこなさなければ。

そうして業務に勤しむこと数時間。物置デスクでパソコンと向かい合っている社長様と、ミーティングをしている冴木さんを若干気にしながら、事務作業をしていたときだった。

オフィスのドアが開き、来訪者が入ってくる。反射的にそちらを振り向いた瞬間、私は驚きで目を見開いた。

凛《りん》とした雰囲気をまとって現れたのは、一週間前にレストランで尚くんと話していた、あの女性だったから。

なんで、ここに⁉　淡いピンクベージュのレディーススーツに、ビジネスバッグを持っている姿からして、仕事中なのだろうとわかるけれど……。

呆然とする私の隣にいる泉さんが、案内をするために腰を上げる。しかしそれよりも早く、尚くんが直々に彼女を出迎えた。仕事相手に対する、至って普通の挨拶を交わしたあと、ふたりは打ち合わせをするスペースへと向かっていく。

その様子を目で追う泉さんが、再び腰を下ろして言う。

「社長のお客さんか。綺麗な女の人だね。女優さんみたい」

「家具ブランド〝SHINDOU《シンドウ》〟を経営する社長のご令嬢、進藤《しんどう》未和子《みわこ》さんですよ」

泉さんに続いて、私たちの向かい側に座る鬼頭さんが、マウスを動かしながら教えてくれた。

SHINDOUとは、国内外で家具やインテリアの企画、販売を行っている大手企業だ。高級感のあるオシャレな商品が人気だと、私でも知っている。

その社長令嬢が、尚くんとなにかしらの関係があったとは……。

「二十九歳にして広報部のトップで、バリバリのキャリアウーマンだとか」

「へぇ～、よく知ってますね」

意外にも情報通な鬼頭さんに、泉さんは目を丸くしている。鬼頭さんはパソコンからこちらに目線を向け、やや声を潜めて続ける。

「私くらいの年数を勤めている社員なら、おそらく皆、知っています。彼女は久礼社長の——」

そこまで口にしたとき、別のテーブルのほうから「鬼頭さーん」と呼ぶ声がした。きっと、ダンジョンのサイトの最終確認をするのだろう。

私たちに無表情で「すみません」と告げた彼女は、さっさと腰を上げて向かっていった。

「ちょっと、ものすごく気になるところで終わったんだけど」

苦笑する泉さんに深く同意し、私はパーティションで仕切られた打ち合わせスペースを眺めて言う。

「……元カノ、ですかね」

「やっぱりそれ系かなぁ」

ふたりして唸るも、お茶を出していないことを思い出し、私は慌てて立ち上がる。

これも事務員の仕事のひとつだ。

ふたりがどんな感じで話しているか気になるし、様子を窺ってこよう。

「私、お茶出しをするついでに偵察してきます」

「いいね。頼んだ〜」

泉さんはとても楽しそうだが、私は胸騒ぎがして仕方ない。とりあえず冷蔵庫に用意してある冷たい緑茶を淹れ、打ち合わせスペースへと向かった。

パーティションの奥へ進むと、ふたりは向かい合ってソファに座っている。

ちょうど話が途切れたところだったので、「失礼します」と言ってお茶を差し出すと、進藤さんは美しい笑みを浮かべて会釈した。

間近で見ると、ますます綺麗。二重の切れ長の目や、ぽってりとした唇は色っぽく、そこはかとなく自信が溢れているように感じる。

私が彼女と同じ年になっても、きっとこんなふうにはなれないだろうな。

人知れず落ち込みつつ、尚くんにもお茶を出している間に、彼女は話を再開させる。

「今回の話、またとない案件でしょう。この会社と、あなたの知名度がぐっと上がるのは間違いない。なのに、どうして渋るのよ」

怪訝そうな進藤さんの言葉を聞き、なぜ今日やってきたのかをなんとなく理解した。

尚くんはなにかのデザインを頼まれたものの、それを引き受けることをためらっているようだ。大きな仕事らしいのに。

その理由を、彼が浮かない表情で淡々と言う。

「一度断られてるんだから、当然だろ。俺のデザインはSHINDOUのイメージに合わないって」

「それは父の個人的な意見でしょう？　それに、あの人はもういない。遠慮なんかしなくていいわ」

進藤さんは少し荒々しさを感じる口調で、すぐに返した。

どうやら彼女のお父様、つまり進藤社長には、尚くんが作ったデザインをお気に召してもらえなかった過去があるらしい。

でも、『あの人はもういない』ということは、すでに社長を辞めているのか、それとも……。

ぐるぐると考えを巡らせるも、これ以上この場に居合わせるわけにはいかない。トレーを抱え、軽く頭を下げて歩き始める。

そうして、打ち合わせスペースを出ようとしたときだった。進藤さんの口から、これまでと打って変わって弱気な声がこぼれる。

「……ごめんなさい、本当はわかってる。私の担当が嫌なら代わるから」

「違うって。昔のことを気にするほど、俺はガキじゃねぇよ」

尚くんは、ふっと笑いをこぼし、即答した。ちらりと彼女を見やれば、切なげに眉を下げ、かつ安堵したような表情を浮かべていた。

同時に、胸のざわめきが大きくなる。

いったい、過去になにがあったんだろう。ふたりはどんな関係？　尚くんは今、どんな顔をしていた……？

ひたすら疑問符を浮かべながら、トレーを片づけて席へ戻ると、泉さんが興味津々でこちらに身を寄せてくる。

「どうだった？」

「なんか……ちょっとわけありっぽかったです」

動揺をひた隠しにして、含みのある笑みを浮かべて言うと、泉さんは「マジか」と短く呟いた。謎は深まる一方で、言いようのない不安を覚える。

尚くんが深い関わりがある女性と会っているだけで、かろうじてあった〝彼の妻〟という自信は崩れそうになっていた。


進藤さんが帰って二十分ほど経ってから、私は自分の仕事が一段落したので、皆よりひと足先に休憩に入った。時刻は午後一時。胸の中はもやもやしていても、お腹はそれなりに空いているので、一階のカフェで軽食をとることにする。

結局、鬼頭さんはあれからずっとミーティングをしていたので、あの話の続きを聞くことはできなかった。

尚くんが帰ってきたら、進藤さんとのことを聞いてみようかな。それとなく、さりげなく。

そんなことを考えながら、コーヒーの香ばしい香りが漂うカフェに入り、ほどよく混んでいるレジに並ぼうとしたときだった。

「あらっ。あなた、さっきの……？」

すぐそばの、ふたりがけの小さなテーブルのほうから声がして、自分に言われたのかはわからなかったが思わず振り向く。そうして席に座っている女性と顔を見合わせた瞬間、心臓がドクンと重い音を響かせた。

ひとりでランチをしているのは、帰ったはずの進藤さんだったのだ。

「あっ……どうも、こんにちは！」

咄嗟に笑顔を作り、とりあえず挨拶をした。彼女がいたことにも、声をかけられたことにも驚き、少々、挙動不審な動きになる。

えっと、なにか用なのかな。もし仕事のことだとしたら、私は答えたくても答えられないけど……。

内心戸惑う私を、彼女は助けを求めるような表情で見上げ、こんなことを言いだす。

「ちょうどよかった。あなた、トマト食べられる？」

「……はい？」

まったくもって予想していなかった方向から、唐突な質問が飛んできて、私はまさに鳩が豆鉄砲を食ったような顔になった。

そのあと語られた進藤さんの用件は、苦手なトマトが添えられたサラダを食べてほしい、というぶっ飛んだものだった。たまたま顔を覚えていた私が来たから、つい声をかけてしまった、と。

『代わりにランチを奢《おご》らせて!』と言われ、私はその勢いに押されて頷き、ランチを注文して彼女と同じ席に着いたのだった。

進藤さんって、意外に天真爛漫《てんしんらんまん》なところがあるのね……。美人で仕事もできる高嶺《たかね》の花、みたいなイメージしかなかったから、ちょっと親近感が湧く。

ランチセットについていたサラダの小皿には、まだ手がつけられていないし、私はトマトが大好きなので全然苦ではない。

くし型にカットされた、真っ赤に完熟したそれを口に放り込むと、進藤さんは眉を下げて両手を合わせる。

「ごめんね、ありがとう。どうしても残すのはお店の人に申し訳なくて、でも生のトマトだけは本当に苦手で」

律儀というか、真面目というか。とにかく残したくない強い意思があるらしく、なんだかクスッと笑いがこぼれた。

「いいんですよ。むしろ、奢ってもらっちゃってすみません」

「急に厚かましいお願いしたんだもの。これくらい当然」

美味しそうなエッグベネディクトを前に、恐縮して軽く頭を下げる私に、彼女は綺麗に微笑みかけた。

落ち着いたところで、お互いに改めて名字を名乗った。進藤さんは、「私の呼び方は未和子でいいわよ」と言う。

「進藤って呼ばれるのは、あまり好きじゃないの。会社のイメージが自分にもつきそうで」

苦笑する彼女の気持ちは、なんとなく理解できた。社名が自分の名字だと、その令嬢ということで、色眼鏡で見られている気がするのかもしれない。

すでに食べ終えている彼女は、食後のアイスコーヒーをひと口飲み、私を見つめて問いかける。

「野々宮さん、すごく若く見えるけどいくつ？」

「十九です。ネージュ・バリエではバイトで働いていて」

「なるほどね。羨ましい」

未和子さんは納得した様子で頷き、最後に本音をこぼした。おそらく、羨ましいのは若さなのだろうけど、嫌味な感じはまったくない。

さっぱりした性格なんだな、と分析していると、彼女はテーブルに肘をついて穏やかに微笑む。

「デザイナー志望なら、久礼社長の下で働くのはとっても有意義だと思うわ。あの人のデザインも仕事ぶりも、勉強になることばかりだから」

尚くんの話が出てきて、ドキリとした。普通なら、ただの尊敬の言葉だと受け取れるのに、私はいろいろと勘繰ってしまう。

どうしよう、聞きたい。聞いてもいいかな。恋愛に関する十代の好奇心ってことで、大目に見てもらえるかな。

知りたい欲求が膨れ上がり、フォークを置いた私は思いきって口を開く。

「……あの、さっきお茶をお持ちしたときに、おふたりが話す様子を見ていて思ったんですが、社長とは以前から親しいんですか？」

正直に、かつ言葉を選んで問いかけると、未和子さんは大きな目をしばたたかせた。そして、少し困った笑みを浮かべる。

「そうね、親しいとは言えないけど……」と歯切れ悪く返したあと、私をまっすぐな視線で捉えた。

「付き合ってたの、私たち。二年前まで」

——ああ、やっぱり。予想していた通りの、あまり聞きたくなかった答え。ひとまず「そうだったんですか」と驚いたふうに返した。関係がはっきりして、スッキリしたが、それ以上に落ち込む。

尚くんは、未和子さんのように大人な女性が好きなのだ。それに、未和子さんは彼に愛された人。その事実が胸に重くのしかかる。

表情が暗くならないよう努めていると、未和子さんはショートボブの長い前髪を耳にかけ、ちょっぴりいたずらっぽい上目遣いで見つめて問う。

「私たちのこと、気になる?」

ドキリとするも、今がふたりの話を聞くチャンスだ。聞いたら傷つくことになるかもしれない。だとしても、それより全部知りたい気持ちのほうが大きい。

とはいえまだ会って数分の、しかも大人の一歩手前である私に、プライベートな恋愛事情を教えてくれるとは限らないが。

「はい。大人なふたりの恋愛に、すごく興味があります」

とりあえず正直に、きっぱりと答えた。未和子さんは意外そうにキョトンとして、直後になぜか身を乗り出してくる。

「本当? じゃあ、ちょっと語ってもいい? 最近彼と再会したら、自分の気持ちを整理できなくなってきたから、誰かに吐き出したかったの」

どうやら切実に聞いてほしいらしい。未和子さんって、やっぱりすごく気さくだ。

尚くんの元カノだというのは複雑だが、彼女自身にはやはり好感が持てる。

表情を緩めて「私でよければどうぞ」と言うと、彼女はそれに甘えるようにひとつ頷き、事情を一気に話し始める。

「さっきあなたも聞いていた通り、以前デザインのことで、私の父が彼に嫌な思いをさせたの。私はそのことがずっと引っかかっていて。半年前に父が亡くなって文句を言う人がいなくなったから、もう一回仕事の依頼をしに来たのよ。まあ、今日のところは保留になったわ」

まず語られたのは、今日彼女がネージュ・バリエにやってきた経緯だった。

進藤社長は亡くなられていた。どうやら生前は尚くんといざこざがあったようだが、そうなってしまった原因はなんだろう。

「どうして、お父様は久礼社長のデザインに文句を?」

「ひとことで言えば、気に入りすぎたのよ。尚秋のことを」

未和子さんは憂いを帯びた笑みを浮かべ、自然に彼の名前を口にした。親密な関係だったことを改めて思い知らされ、胸がぐっと締めつけられる。

「付き合っていたとき、『彼氏に会わせろ』ってうるさくて、仕方なく尚秋を会わせたの。それからしばらくの間、父は彼のことをすごく可愛がっていた。たぶん、私たちの結婚も意識していたんだと思う」

〝結婚〟の二文字が重く響く。お父様が認めるくらいだ。きっとふたりはお似合いのカップルだったのだろう。

なのに、なぜ関係が悪化してしまったのか。未和子さんは続ける。

「そこで父が、『SHINDOUの専属デザイナーにならないか』って誘ったの。でも、尚秋はネージュ・バリエの社長になることを選んだ。父はプライドの高い人だったから、結構なショックだったみたい」

原因を聞き、私はぽかんとした。

専属デザイナーになることを断ったから、お父様の機嫌を損ねたの？ それだけで……と言ったら語弊があるかもしれないが、もっと深刻なものかと思っていたから拍子抜けする。

「なんというか……意外な原因ですね」

「呆れるでしょう。それまで尚秋に頼んでいた広告も、急に『君のデザインは合わない』って言いだすし、私との交際まで反対して……。子供みたいで本当にバカバカしいわよね」

未和子さんは頬杖をつき、心底呆れた様子で吐き捨てた。苦笑することしかできずにいると、彼女はどこか遠くに視線をさ迷わせ、ひとりごとのように言う。

「まあ、でも、父が尚秋にきつい態度を取るようになったのは、私を思うがゆえのことが大半だったんだろうな」

「未和子さんを思うがゆえ……？」

首を傾げて聞き返すと、彼女は神妙な顔つきになり、小さく頷く。

「私たち、二年付き合ったんだけど、その間私はずっと不安を抱えてた。尚秋の中には、私以外の女の子がずっと住み着いてたから」

――ドクン、と心臓が大きく揺れ動いた。同時に目を見張る。

尚くんの中にいた、未和子さん以外の女の子って、まさか……。

「それって……」

「あ、別に浮気とかじゃないのよ。彼の近所に住んでた女の子で、片親だから昔から気にかけてたみたい」

補足された詳しい情報で、やはり私のことだと確信した。

未和子さんも知っていたんだ、私の存在を。

幸い、顔までは知らないようだけれど……。

乱れ始める鼓動と気まずさを感じながら、彼女の表情が切なさや悔しさが交ざったものに変化していくのを見つめる。

「それでも私は嫉妬していた。相手が何歳だって、同じ女だもの。尚秋がその子に向けるものが恋愛感情じゃなくたって、彼から常に思われていることが羨ましかった」

口調は穏やかであっても、彼女の苦しさが伝わってきて、胸がしくしくと痛む。

思いもしなかった。私が尚くんの近くにいることで、誰かを悲しませていたなんて。

罪悪感が募り、無意識に眉も目線も下げていた。過去を振り返っている彼女は、私の表情までは気にしていないだろう。

「私の嫉妬が原因でケンカして、泣いて帰ることが多くなった頃からよ。父が尚秋をよく思わなくなったのは。しまいには『ネージュ・バリエとは今後一切、取引をしない』だとか言うから、それが尚秋の耳に入る前に、私から別れを切り出したの」

話しきった未和子さんは、やりきれない気持ちを呑み込むように、真っ黒なコーヒーに口をつけた。

尚くんに対する進藤社長の態度が変わったのは、大事な娘が傷つけられていると感じたからなのだろう。気に入っていたからこそ、裏切られた感覚に近かったのかもし

はきっとできないはず。

未和子さんは、尚くんのためを思って別れを選んだ。『耳に入る前に』ということは、彼女が別れを決断した本当の理由を、尚くんが知らない可能性もある。

私が彼女の立場になったとき、そんなふうにできるかな。……いや、臆病な私にはきっとできないはず。

「未和子さんは、久礼社長のために別れたんですね……。すごいです」

感心するとか、勇気があるとか、どれも微妙でしっくりくる表現がなく、単純に『すごい』と言ってしまった。

未和子さんは首を横に振り、軽く笑い飛ばす。

「そんな、あの人のために、なんてカッコいいものじゃないわ。それ以上の迷惑をかけて嫌われたくなかっただけ」

さっぱりとした口調で返した彼女だが、その笑みに切なさを交じらせて「でも」と続ける。

「後悔してるし、罪悪感もある。もし私がつまらない嫉妬をして、こじらせなければ、もっとうまく付き合えてたかもしれないし、父と尚秋の関係を悪くすることもなかっただろうにって」

未和子さんは、お父様とのことで尚くんに負い目を感じているのだ。しかし、先ほどの尚くんの『昔のことを気にするほど、俺はガキじゃねぇよ』という言葉からして、彼はすっかり水に流しているのだろう。

これから、ふたりはまたいい関係を築いていける。きっと未和子さんも、それを望んでいるんじゃないだろうか。

「……もし、久礼社長とその女の子がもう離れているとしたら、未和子さんはやり直したいですか？」

ストレートに問いかければ、彼女は一瞬真顔になったあと、物憂げで綺麗な笑みを浮かべる。

「そうね……やり直したいって想いは、ずっとあったわ。もう一度チャンスがあるなら……って、この二年間ずっと」

答えを聞き、私はものすごく複雑な心境で頷いた。

尚くんも、未和子さんと再会したことで、恋人だった頃の気持ちがぶり返すかもしれない。彼女が別れを切り出した本当の理由を知れば、なおさら。

その可能性を考えると、胸が押しつぶされそうになる。

ふたりの障害となっていた進藤社長は、もういない。もうひとつの障害は、この私なんだ。

私が、彼のもとから去らないと——。

心の奥底にくすぶっていた不安が一気に膨らむ。気のきいた言葉がなにも出てこない私に、未和子さんは明るくなった声を投げかける。

「本当に全部吐き出してごめんね。あなた、いい人オーラが漂ってるから、つい口が軽くなっちゃった」

茶目っ気のある笑顔を見せる彼女に、私は小さく首を横に振る。

「おかげで自分の気持ちが整理できたわ。あの人のこと、今も好きなんだって、はっきりわかった。ありがとう、野々宮さん」

私が嫉妬の対象だったとは知らずに、彼女は清々しくお礼を言った。私は強い罪悪感と不安を抱くも、なんとか笑顔を返す。

それからの食事は、まったく味を感じられなかった。

40％メランコリーな一方通行恋愛

あれは確か、尚くんと出会って一年が過ぎた、小学六年生の冬のこと。

母が仕事で留守にしている間、私の面倒を見ていた尚くんが、ショッピングモールに連れ出してくれたときのことだ。

「わあ。この指輪、可愛い！」

キラキラとまばゆい光を放つショーケースに引き寄せられ、私はその中に上品に並べられたリングに釘づけになった。

一方、ちょうどメールを打っていた尚くんの目線は、携帯に向いたまま。

「女の子は好きだよなぁ、おもちゃの指輪とかブレスレットとか……って、本物じゃねーか！」

どうやら私が見ているのはおもちゃだと思っていたらしく、驚いてこちらを二度見していた。まあ、小学生だったし無理もない。

私はこの頃からオシャレに目覚め始め、大人のマネをして綺麗な指輪も嵌《は》めてみたかったのだ。

エンゲージリングが輝くショーケースを覗き込む女子小学生と、男子大学生の姿を、あのときの店員さんはどんな目で見ていただろうか。

「いいなー、お花の形」

「キョウはそういうのが好きなのか。でも、これはまだお前には早すぎる。あれにしとけ」

指差されたほうにあったのは、ちょっぴりレトロなおもちゃ屋さん。あそこに売っている、大きな宝石もどきのプラスチックがついたアルミの指輪にしろということか。

私は、むうっと頬を膨らませ、尚くんはケラケラと笑っていた。

＊　＊　＊

あのあと、彼は本当におもちゃの指輪を買ってくれて、なんだかんだとっても喜んだことを覚えている。今思えば、胸キュンな出来事だな……。

街中に店を構える、高級感漂うジュエリーショップを横目に、私は昔の記憶を蘇らせていた。

母の命日である今日、墓参りのための花を買うついでに、尚くんとみなとみらいの街を散策している。

赤レンガ倉庫や大きな観覧車、白い船がたゆたう海。久々に間近で見るそれらには、しばし現実を忘れさせられる。難しいことも、嫌なことも。

「こうやってぶらぶらするの、久しぶりだね」

「ああ。最近スーパーくらいしか行ってなかったからな」

そんなたわいのない会話でも、心が穏やかになる。なにより、人混みではぐれないために、旦那様が手を繋いで歩いてくれるのが一番の癒やしだ。真夏なので手汗が心配だけど。

少し外を歩いたあと、涼を求めてショッピングビルの中に入り、カフェでひと休みすることになった。

だが、そこへ向かう途中のアパレルショップで、ワンピースに目を引かれる。パステルチェック柄の、フレアスカートが可愛いデザインのものだ。

直感で『いいな』と思い、立ち止まってそれを手に取り眺めていると、尚くんが隣にやってきた。

「いいね、そのワンピース。似合うよ」

「んー、でもこんなに高いのは無理」

値札にはゼロが四つついている。私のバイト代でこれを買うのは、だいぶ勇気がいる金額だ。

すぐに諦めてポールに戻そうとしたのだが、尚くんはそれを制した。そしてスタッフを呼び、さらりと告げる。

「これください」

「え、ちょっと⁉」

ギョッとして咄嗟に尚くんの腕を掴むと、彼は呆れ顔で私を見下ろす。

「お前、俺が社長だってこと忘れてるだろ。これでも結構稼いでんだぞ」

「それはわかってるけど……」

もちろん、尚くんはハイスペックな人だと承知している。このくらい、わけなく払えるだろう。ただ私が貧乏性なだけなのだ。

どうしても申し訳ない気持ちになる私に、彼はいたずらっぽく口角を上げて言う。

「可愛い嫁にプレゼントして、なにが悪い」

ああ、茶化されているのだとしても嬉しい。

……嬉しいのに、つらい。こんなふうにしていられるのは、あとどれくらいだろうと、無性に不安がよぎるから。

でも今だけは、彼の妻であることを実感していたくて。

お言葉に甘えることにした私は、「ありがとう」と笑顔でお礼を言った。

買い物をしてカフェでひと休みしたあと、いつも明るかった母のイメージにぴったりのミニひまわりの花束を持って、霊園に向かった。

夕暮れで朱く染まった園内を歩き、まだまだ綺麗な小さい墓石の前で足を止める。

母の名前が刻まれたそれを見下ろし、わびしさを感じながら、ぽつりとこぼす。

「お母さん、元気かな」

「あの働き者のおばさんのことだ、天国じゃ暇を持て余してるかもしれないぞ」

優しく微笑む尚くんの言葉に、私もふふっと笑いをこぼして「確かに」と相づちを打った。

それもつかの間、一年前の今日のことや母の笑顔を思い浮かべると、いつになっても涙が込み上げてくる。

しんみりしていたらお母さんが心配するぞ、と自分に言い聞かせ、鼻を啜って、緩む涙腺を引きしめた。

さっそくふたりで墓石の掃除を始め、まっすぐに伸びたミニひまわりを生ける。ひと通り綺麗になったところで、線香を供えた。

尚くんと並んでしゃがみ、両手を合わせて、心の中で母に語りかける。

お母さん。あなたがいなくなっても元気にやってこられたのは、間違いなく尚くんのおかげだよ。

今日、本当はそんな彼に告白しようと思っていたんだ。ずっと大好きだったから、あなたの妻にしてもらえて幸せだよ、って伝えたかった。

でも……未和子さんのあの話を聞いたあとでは言えそうにない。私の幸せは、彼女の苦しみの上に成り立っているのだと、知ってしまったから。

無理やり頭の隅に追いやっていた昨日の出来事が蘇り、心がずしりと重くなる。

あれから、未和子さんのことをどう思っているか、直接尚くんに聞いて気持ちを確かめることも考えた。

しかし、もし彼も好きだったとしても、私に本当のことを言うだろうか。自分よりも私を優先することが圧倒的に多い人だ。遠慮して黙っている可能性が高いはず。

だったら、私から離れるしかないんじゃないかな。少し距離を置いてみれば、彼も本心を語りたくなるかもしれない。

それに、なにより……こんな気持ちで彼とふたりで花火を見ても、苦しいだけだ。

きっと今は、一緒にいてもいいことはない。私にとっても、彼にとっても。

街を歩いているときは現実逃避してしまっていたが、目を閉じて手を合わせていたら引き戻された。まるで母に、ちゃんと考えろと言われているみたい。

ゆっくり目を開き、とても勝手ながらたった今決めたことを、彼に伝える。

「ねえ、尚くん。すっごく申し訳ないんだけど……今夜の花火、別の人と見てきてもいいかな？」

一瞬、彼は驚きと困惑が交ざった表情を見せた。それが徐々に強張って、怪訝そうに問いかける。

「別の人？」

「うん……瑠莉と。なにかあったみたいで、花火を見がてら私に相談したいって、さっきメッセージが来たの」

これはもちろんデタラメだ。いつもだったら嘘なんかつけないのに、なぜか今はすらすら出てくる。あとで瑠莉に謝らなきゃ。

ただ、彼の目をしっかり見ることはできない。

「せっかく約束してたのに、本当にごめん」

申し訳ない気持ちでいっぱいになり、深く頭を下げた。

尚くんはしばし、なにかを考えるような間を置いて「そうか……」と呟き、目を伏せる。

その横顔が思いのほか切なげに見えてドキリとしたが、彼はすぐにこちらに笑みを向けた。

「わかった。花火は今日だけじゃないし、また今度見よう」

ひたすら優しい彼に、さらに罪悪感が募る。胸がキリキリと痛むのを感じ、「……ごめんね」と、もう一度呟いた。

横浜駅で待ち合わせることにしたと適当なことを言うと、尚くんはそこまで車で送ってくれた。

嘘ばかりついて逃げる自分に嫌気が差すが、純粋に楽しめないのに一緒にいるのも失礼だろう。

これで本当によかったのかはわからない。ただ、去っていく車を見送りながら、心に隙間風が吹くような寂しさと、少しの安堵も感じたのは確かだった。

花火はあと十五分ほどで始まる。道行く人の中には浴衣《ゆかた》を着ている女性もちらほらいて、楽しそうな姿を羨ましく思った。

私は行く当てもなく、のろのろと歩き、バッグからスマホを取り出す。嘘を本当にできるかもしれないと思い、瑠莉に電話してみることにした。

しばらくして出た彼女に、一緒に花火を見ないかと誘うと、申し訳なさそうな声が聞こえてくる。

『ごめん、これからバイト仲間とご飯食べに行くことになってて』

「あー、そっか。こっちこそ急にごめんね」

そりゃ予定があるよね、と残念な笑いをこぼす私。瑠莉は『久礼さんと花火見る約束だったんでしょ？　なにかあったの？』と心配そうな声で問いかけてきた。

まだ時間があるらしいので、信号が変わるのを待ちながら、昨日の未和子さんとのことから、掻いつまんで話した。

納得したらしい瑠莉が、電話の向こうでゆっくり頷いているのが想像できる。

『それで私を利用したわけね。私の名前の使用料は高くつくわよ』

「瑠莉様、そこをなんとか……」

彼女が茶化すから、こちらもノッてしまう。笑ったら、さっきまでの重苦しい気分がいくらか軽くなった。

それもつかの間、瑠莉は意外そうな調子で言う。

『あれだけ楽しみにしてた花火大会なのに、あんたが自分からドタキャンするとは思わなかった』

「本当なら見たかったよ。でも……いろいろ考えちゃって、苦しくなるだけなんだよ」

弱気な声を漏らし、ぐっと手を握った。

尚くんと一緒にいるのが苦しいと思う日が来るなどとは、微塵《みじん》も予期していなかった。どれもこれも、彼を好きなせいなのだが。私にもっと恋愛経験があれば、こんなふうにならずに切り抜けられたのだろうか。

どうしようもない〝たられば〟を心の中で呟いていると、しばし黙考していた瑠莉が口を開く。

『どういう選択をしようと杏華の自由だけど、他人のことばっかり考えて自分が幸せになれないようじゃダメだよ。久礼さんが好きっていう自分の気持ちも大事にね』

真剣なアドバイスが胸に沁み込んでくる。瑠莉だって恋愛経験はほぼないのに、なんだか達観しているからすごい。

『自分の気持ちも大事に』か……。確かに、それはないがしろにしていたかも。

新しいことに気づかされ、心に小さな明かりが灯る。いつも親身になって考えてくれる彼女に感謝して、「ありがとね、瑠莉」と口元を緩めて伝えた。

電話を切ったときには、いつの間にか会社の近くまで来ていた。無意識のうちに、お馴染みの出勤ルートを歩いていたらしい。

なんとなくネージュ・バリエがある五階を見上げ、私はキョトンとした。

「あれ？　誰かいるのかな」

土曜日である今日は、会社自体は休みなのに、窓から明かりが漏れている。休日の、しかもこんな時間に仕事をしに来る人がいるのだろうか。尚くんはマンションで待っていると言っていたから、彼ではないことは確かだ。

私は首を傾げ、ビルの中へと進む。他に行く当てもないことだし、とりあえず寄ってみよう。

オフィスの前に着き、ドアをノックすると「はい」と声が聞こえた。ゆっくり開けてみれば、窓際のワークスペースに座るひとりの男性の姿がある。

「冴木さん⁉」

驚きの声を上げると、彼も目を丸くして勢いよく腰を上げた。

「キョウちゃん！　どうしたの？」

「冴木さんこそ」

私と同じく瞠目している彼だが、ノートパソコンと窓を交互に指差して説明する。

「俺は仕事がてら花火を見に。『ここ、意外によく見えるんだよ』って加々美さんが言ってたから」

「そうなんですか！　じゃあ、ちょうどよかった。時間を潰したかったので」

花火は諦めていたけど、ここなら落ち着いて見られそう。

表情を緩める私のもとへ、冴木さんはゆっくりと歩いてきて、怪訝そうな顔で問いかける。

「好きな人と花火見に行くんじゃなかったの？」

……ああ、そういえば冴木さんも知っているんだった。変なごまかしはできそうにないな。

「その予定だったんですけど、わけあって私がドタキャンしちゃいました。それで、ひとりでぶらぶらしていたら、ちょうどここの明かりが見えたので」

へらっと笑って、明るい調子で打ち明けた。そのほうが、切なさが紛れるかも、と思ったものの……。

やっぱり、ずっと無理に口角を上げてはいられない。冴木さんが心配そうに私を見つめ続けるから、なおさら。

俯き気味になっていると、彼は私の横を通り、壁にあるスイッチを押して電気を消した。ふっと暗くなり、窓が映画のスクリーンになったみたいに、ビルの明かりがきらめく。

いつもは見られないこの景色に気を取られているうちに、右手が温かな彼の左手に、きゅっと握られた。

「とりあえず、こっちおいで。始まるよ」

冴木さんは、優しい笑みを向けて私の手を引く。それが今の私にとっては心地よくて、素直に従った。

窓のすぐそばに椅子を動かし、ふたり並んで座ったとき、タイミングを見計らったかのごとく豪快な音が響く。

ここの階数は高くないにもかかわらず、窓の向かいが背の低い建物になっているおかげで、夜空に咲いた光の花をバッチリ見ることができた。

「わあ、ビルの間からちょうど見える！」

「本当に穴場だね、ここ」

ふたりして歓喜の声を上げ、この瞬間ばかりは自然に笑顔になった。

真ん丸な形だったり、火花が生き物みたいにあちこちに飛んでいったり。さまざまな花火を見上げながら、私はひとりごとをこぼす。

「こんなにじっくり見たの、久しぶりかも」

「俺も。この年になると男同士では花火なんか見ないからなぁ。疲れるだけだし」

そう言う冴木さんは、無表情になってぼんやりと視線を空へ向けている。今も取り繕っていないことが明らかで、ちょっぴり笑ってしまった。

本当に、こうして花火を鑑賞するのはいつぶりだろう。去年見られなかったのは、いろいろあったからだった。それは光の軌跡のように、鮮明に思い出せる。

「今日、母の命日なんです」

唐突に打ち明けると、冴木さんは目を見張って「……え？」と戸惑いの声をこぼす。

「私も両親がいないんですよ。だから、事情は全然違うけど、冴木さんの苦労はよくわかります」

母の顔を思い浮かべるとまた泣きそうになるも、なんとか堪えて言った。冴木さんは気の毒そうな表情になり、目を伏せる。

「そうだったんだ、キョウちゃんも……。俺が君に素を見せられたのは、そういう部分もあったのかもね」

彼はしっとりした口調で言い、納得した様子で再び夜空を見上げた。同時に、ドーン！と大きな音が鳴り響く。

「花火って鎮魂の意味があるんだっけ。お母さんにも届いてるといいね」

光に照らされた、憂いを帯びる綺麗な彼の横顔を一瞥し、私は微笑んで「はい」と頷いた。

そうして、しばらく眺めていた花火が一旦上がらなくなったときだ。

「今日は、他にもなにかあったの？」

ふいに静かな口調で尋ねられ、一瞬私の笑みが消えた。冴木さんは優しげな眼差しをこちらに向けている。

先ほどよりいくらか気持ちが落ち着いたせいか、私の口からはすんなりと言葉が出てくる。

「……最近、好きな人の元カノさんと話す機会があって、彼女にまだ彼への気持ちがあることを知りました。ふたりは嫌い合って別れたわけではなかったんです」

ふたりの姿を脳裏によぎらせ、掻いつまんで話した。冴木さんにこんな話をするのは失礼だろうかと思いつつも、一度口を開けたら次々と言葉が出てくる。

「彼女は美人で、いい人で、私じゃ敵わないなって自信がなくなってきて……。彼もヨリを戻したいと思っているんじゃないかとか、いろいろ考えていたら、一緒にいるのがつらくなったんです」

素直な気持ちを吐き出し、まつ毛を伏せた。

今思えば、私が他の人と花火を見ることを、尚くんは案外あっさりと了承した。いつもの調子なら、その前にひとしきりやり取りがありそうなものなのに。

やっぱり、これまで彼も無理して私と一緒にいたのかな。そのせいで引き止めもしなかったんじゃないだろうか。

未和子さんが現れるまでは、そんなふうに考えることはなかった。彼は私をちゃんと妻として大切にしてくれて、恋人にするようなキスまでされたものだから、関係を進展させられるかもしれないと、多少の期待すらあった。

しかし、彼女が現れてからの尚くんはどことなく様子がおかしい。例のキスだってそうだ。

あれは、彼が未和子さんと会ったあとのこと。あのキスの真相は、結婚している今、彼女へは向けられない想いや欲求を私にぶつけたんじゃないか……とまで勘繰ってしまう。

完全にネガティブ思考だ。悪いほうにばかり考えていたら、その通りになっちゃうかもしれないのに。

「もう自分が嫌になります……」

「なら、そんな恋はやめて俺にしなよ」

肩を落として弱々しく呟いた直後、凛とした声が耳に届いた。

次の瞬間、冴木さんの椅子と身体が近づいてきたかと思うと、肩に手を回され、ぐいっと抱き寄せられた。

「きゃ⁉　さっ、冴木さん……！」

慌てて胸を押し返すも、両腕でしっかりとホールドされて全然離れられない。冴木さん、見かけによらず力が強い……！

彼は腕の中でもがく私を見つめ、いたずらっぽく口角を上げる。

「離れられないでしょ。俺もれっきとした男だって、わかってもらえた？」

「う……はい」

そうですね、可愛いだけではないのだと実感いたしました。

白旗を挙げた気分になり、抵抗するのを諦めて身体の力を抜く。そんな私を、彼は改めて丁寧に優しく抱きしめた。

「そんな泣きそうな顔を見たら、抱きしめたくもなる。これは君を奪うチャンスでもあるしね」

ドクドクと速まる鼓動を感じながら、じっとしていると、冴木さんは若干声のトーンを下げて「でも……」と続け、嘲笑を漏らす。

「他の男を想って弱っている子につけ込むのは、ちょっと虚《むな》しいかな」

「冴木さん……」

「好きなのに、どうしてうまくいかないんだろうね」

彼が口にした実感がこもったひとことは、私の胸にもとても響くものだった。

想われているのに応えられなくて、想っていても簡単には届かなくて。本当に、人の気持ちほど難しいものはない。

抱きしめられたまま、彼の言葉に深く共感していた、そのときだ。ガチャリとドアが開く音がして、はっとした次の瞬間。

「ひょあぁっ‼」

おかしな雄叫《おたけ》びが聞こえ、私たちはビクッと肩を跳ねさせて身体を離した。

驚きまくってドアのほうを見やると同時に花火が上がり、壁に背中から張りついている人物の姿が露わになる。

「き、鬼頭さん……⁉」

そこにいたのは意外や意外、私服姿の鬼頭さんだ。まるでオバケでも見たかのようにおののいている。

「び、びっくりしました……！　電気もついていないし、誰もいないと思ったので」

鬼頭さんも私たちを認識したらしく、胸に手を当てて息を吐き出した。

どうして彼女までここに？と考えてすぐ、冴木さんと同じ理由ではないかと思い、尋ねてみる。

「もしかして、鬼頭さんも花火を見に？」

「……そうです。加々美さんから穴場だと聞いて」

「やっぱり」

私と冴木さんは、顔を見合わせて笑った。偶然この三人が集まるなんて、不思議な縁だな。

次第に落ち着きを取り戻していく彼女に、冴木さんが気さくに声をかける。

「鬼頭さんも一緒に見ましょうよ」

「や、でも……」

ためらっている鬼頭さんの様子を見て、私はようやく大事なことを思い出してギクリとした。

のほほんとしている場合じゃないよ！　彼女は冴木さんのことが好きなのに、私がふたりでいたら誤解させてしまう。

いや、もう絶対に誤解させちゃっているよね⁉　彼女がドアを開けたとき、私たちがくっついているところを見たはずだし……！

やばいやばい、と内心あたふたする私。それに反して冴木さんは動揺した様子もなく、こんなことを言う。

「俺たち、好きな人とうまくいかない者同士なんです。鬼頭さんはいますか？　好きな人」

さらりと問いかける彼に、私も鬼頭さんも目を丸くする。

冴木さんは、きっと彼女に変な気を使わせないように、本当のことを言ったんだ。

でも、今の発言で彼に好きな人がいることがわかるし、鬼頭さん、ショックを受けるんじゃ……。しかも、好きな人はいるかと聞かれても、本人が相手では答えに困るだろう。

ひとりハラハラしていたとき、アンドロイド状態に戻った彼女が口を開く。

「……ええ、います。私も、おふたりと同じ状態です」

正直なその答えを聞いて、私は目をしばたたかせた。

仕事以外で冴木さんと話すときはものすごく恥ずかしがっていたのに、今はまったく動じていない。なんだか、吹っきれたみたいに。

彼女の心情に気づいていないであろう冴木さんは、気を許した笑みを浮かべる。

「本当に？　じゃあ仲間じゃないですか。ここ、どうぞ」

私との間にオフィスチェアを持ってきて微笑む彼に、鬼頭さんはぺこりと頭を下げて歩きだした。

彼女がこちらに近づいてきて、やっと気づいた。いつもひとつにきっちりまとめているストレートの黒髪を、今日は下ろしていることに。だいぶ雰囲気が違うし、やっぱり美人さんだ。つい花火よりも彼女に注目してしまった。

三人並んで座り、しばし静かに夏の風物詩を楽しむ。

「きれー……」

「綺麗だ」

「……綺麗ですね」

ぽつりぽつりと同じ感想を口にして、それぞれ物思いに耽っていた。

ビルにかかりそうな、美しいしだれ柳を眺めていたとき、鬼頭さんがふいに問いかけてくる。

「野々宮さんは、どういうお悩みが？」

花火から目を逸らさない彼女を一瞥し、私も夜空に視線を戻して答える。

「好きな人のためを思うと、私は一緒にいちゃいけないんじゃないかって悩んでます」

「なるほど……複雑そうですね」

淡々と相づちを打った鬼頭さんは、次に「冴木さんは？」と尋ねた。彼も苦笑交じりに打ち明ける。

「俺は完全な片想いですよ。むしろ、すでに八割ぐらいフラれてます」

「大丈夫です。私は九割超えていますので」

「なにが大丈夫なんですか」

あっけらかんと、フォローになっていないフォローをする彼女に、冴木さんが笑ってツッコんだ。

おそらく、鬼頭さんは気づいているのだろう。さっきハグしていたことからして、彼が好きなのは私だということに。

罪悪感が心を衝く。彼女が普段のアンドロイド状態なのも、かえって心配になるし。でも、冴木さんがいる今はどうすることもできない。

それにしても、見事に一方通行な相関図ができ上がってしまった。皆、苦しい片想いだ。

大好きな尚くんの姿と、先ほどの冴木さんの言葉がぐるぐる回って、私は素直な想いをこぼす。

「本当は今頃、幸せに花火を見ているはずだったのにな……。恋って本当に、そう簡単にはうまくいきませんね」

胸に酸素を取り込めている気がしない。でも、せめて笑っていないと暗くなるばかりだと思い、なんとか口角を上げて不細工な笑みを作っていた。

それを見透かしたのか、隣からそこはかとなく柔らかな声が投げかけられる。

「無理して笑わなくていいんですよ。私たちは仲間でしょう」

はっとして隣を向けば、鬼頭さんと視線がぶつかった。無表情の中にも、優しさが秘められているのを感じる。

次いで彼女はパッと逆を向き、冴木さんにも臆することなく、きっぱりと言う。

「冴木さんも。あなたについては、普段からそう感じていました。あなたも、ありのままでいていいんです」

彼が驚いたように目を見開いた。多少の無理をして愛想よく振る舞っていることに、まさか鬼頭さんが気づいているとは思わなかったのだろう。

自分を偽らない彼女に言われると、とても説得力がある。きっと冴木さんも、少しだけ心が軽くなったことだろう。

ところが、鬼頭さんはゆっくりと目線を下げていく。

「でも、やっぱり……好きな人にはいつも笑顔でいてもらいたいし、そうできるように努力したいです」

純粋な想いを口にする彼女の儚《はかな》げな横顔が、私の目にはとても美しく映った。そして、その気持ちにも深く共感する。

私も冴木さんも、それぞれ想いを巡らせて、「そうですね」と頷いた。

頭の中には、ブライダルフェアに連れていってもらったときのワンシーンが蘇る。

『いかなる道も共に歩み、一生笑顔でいることを誓いますか？』

……あのときの言葉を、彼も今の私たちと同様に思って言ってくれていたなら、どれだけいいだろう。

再び見上げた光で彩られる夜空は、フィルターがかかったみたいにぼやけていた。

糖度5％未満の秘密

翌日の日曜日は、久しぶりになんの予定もない一日だ。

尚くんは今日から出張。名古屋《なごや》で行われる会議に出席したり、レセプションパーティーに呼ばれていたりと、明日までぎっしり予定が詰まっているらしい。

会えないのは寂しいけれど、今は気が楽かな、というのが本音だ。花火が終わって帰ってからも、上辺は普通にしていたものの、心は疲れてしまっていたから。

相変わらず複雑な心境で、玄関で靴を履く彼を見送る。

「明日の夜には帰るけど、遅くなるから先に寝てろよ。戸締まり、しっかりな」

「うん。尚くんも気をつけてね」

いつもの調子で言葉を交わすと、尚くんはふと動きを止めて、私の顔をじっと見つめる。

「なんか顔色が悪く見えるぞ。大丈夫か？」

心配そうに言われ、まったく気にしていなかった私は、キョトンとして頬に手を当てた。

そういえば、朝起きたときから喉がイガイガする。でもたいしたことはないし、最近いろいろ考えすぎて寝不足気味だから、きっと目の下にクマができているのだろう。

その原因が尚くんだなんて感づかれないよう、私は明るく笑ってみせる。

「ほんのちょっと喉が痛いけど、たぶん乾燥かな。平気だよ」

「そうか？」

怪訝そうにする尚くんは、こちらに手を伸ばし後頭部を支える。そしてものすごくナチュラルに、前髪を掻き上げた額を私のそれにコツンと当てた。

トクン、と胸が鳴る。私が小さい頃から、尚くんは熱があるかを確かめるために、この原始的なやり方をするのだ。

勘弁してほしい。もう子供じゃないんだから、下心がなくても触れられたらドキドキしちゃうんだよ。

とはいえ拒否もしたくないので、ぎゅっと目を瞑っておとなしくする。だが、なんだか今日はやけに長い。

そっと目を開けてみると、額を当てっぱなしにしている彼の、伏し目がちな顔が間近にある。息遣いを感じるし、少し動くだけでキスだってできそうだ。

なんだろう。私たちの数センチの間に漂う、この甘くて苦いビターチョコみたいな空気は。

「尚、くん？」

心拍数が上がるのを感じつつ、戸惑いの声をこぼすと、尚くんはなにかを堪えるように唇を結び、額を離した。

つい今しがたの空気は呆気なく消え、彼はどことなく覇気のない笑みを浮かべる。

「甘く見ないで。無理するなよ。いってきます」

「……いってらっしゃい」

最後に私の頭をくしゃくしゃと撫でて、玄関を出ていった。

ドアがパタンと閉まり、物寂しい静けさに包まれる。

……きっと、尚くんも悩んでいるのだろう。それくらいは私にもわかる。

結婚記念日まであと五日。ここへきて、私たちの夫婦関係は転機を迎えているような気がした。

一日休めばよくなるだろうと思っていた喉の調子は、次の日には逆に悪化していた。

唾を飲み込むだけで痛いし、咳も出始めている。

これは間違いなく風邪の類だ。尚くんが言った通り甘く見てはいけなかったらしい。

朝からマスクをつけて出勤し、ごほごほと咳をしながらパソコンと向かい合う。そんな私に、泉さんが心配そうに声をかける。

「キョウちゃん、大丈夫？」

「はい。喉が痛いだけなんですけどね……すみません」

「私も手伝うから、今日は早く帰りな」

気を使ってくれる彼女に、私はぺこりと頭を下げて「ありがとうございます」とお礼を言った。

今日は一日通しのシフトだけれど、さらに悪化するようなら様子を見て帰らせてもらおう。皆にうつしてしまいかねないし。

私は、夏は滅多に風邪をひかないのに珍しい。もしかしたら、精神的なものも関係しているのかもしれない。

ぼうっとする頭をなんとか回転させ、午前中の作業は終わらせた。昼休憩に入り、のど飴《あめ》やゼリー、スポーツドリンクなど、とりあえず身体が受けつけそうなものをコンビニで買い込む。

そうして社に戻る最中のこと。

「野々宮さん！」

後ろから声をかけられ、振り向いた瞬間に息を呑んだ。こちらに駆け寄ってくるのは、できる美人ＯＬのオーラを放つ未和子さんだったから。

今日も尚くんに交渉しに来たのだろうか。胸をざわめかせるも、とりあえず挨拶をする。

「未和子さん……！　こんにちは。今日、社長は出張中ですが」

「ええ、知ってるわ」

あっさりと即答され、少々面食らってしまった。尚くんの予定を把握しているくらいには仲がいいのだと思い知らされ、肩を落とす。

じゃあどうしてここに来たんだろう、という疑問は、次の彼女の言葉ですぐに解決する。

「今日はあなたに用があって来たの。ちょうどよかった。今、休憩中かしら」

「そうです」

「すぐ済ませるから、少しだけ話をしてもいい？」

私に話を？　なんだろう、あまりいい予感はしないな……。

彼女の表情は、口角は上がっているのに目は笑っていない気がする。胸の中がざわざわと騒がしくなるのを感じるが、断ることもできず、「はい」と頷いた。

今回は、私たちのオフィスビルの地下一階にある休憩コーナーで話すことにした。奥に喫煙スペースがあり、そのドアの横に自販機が設置されている。

誰でも利用できる場所で、私たちはオフィスの中に休憩スペースがあるからあまり来ないが、このビルに入居している他の会社の人たちはよく使うらしい。

ひとつの丸いテーブル席に座ると、私はマスクを外してスポーツドリンクを飲んだ。未和子さんは眉を下げて言う。

「風邪ひいたの？　具合が悪いときに誘ってごめんなさいね」

「いえ、大丈夫です。あの、話っていうのは……」

首を横に振って軽く微笑み、とにかく気になるので先を促した。やや視線を落とす未和子さんの表情が強張っていくのがわかる。

「この間……花火大会のときに尚秋と電話して、話していてわかっちゃったの」

知らなかった事実が明らかにされ、彼女はすべてを見透かすような瞳で私を捉える。

「あなたが〝キョウ〟ちゃん、だったのね」

──ギクリ、と胸が軋む音がした。

そうか、わかってしまったんだ……。いつまでも隠せるものではないと思っていたが、こんなに早く知られることになるとは。

私は目を見張って固まり、未和子さんはまつ毛を伏せて、口元にだけ、ふっと笑みを漏らした。

「やっぱりそっか。年が近いと思ってたけど、まさか本当にあなただったとはね。今も彼のそばにいて、しかも同じ会社で働いてるなんて……」

戸惑いと落胆が交ざった声で言う彼女に、私はバッと頭を下げる。

「すみません！　この間、どうしても言いだせなくて……」

「それはいいの。あの状況じゃ言えなくて当然よ」

未和子さんは、本当に気にしていない調子でそう返した。

しかし、「でも、あなたが少しだけ憎くなった」と、ぽつりとこぼされたひとことが胸に突き刺さる。

「尚秋の中で、優先順位はいつも野々宮さんが一番だった。あなたの誕生日は絶対に予定を入れなかったし、今みたいに風邪をひいたときも、気が気じゃないって感じだったわ」

笑みが消えた彼女の顔には、その代わりにわずかに悔しさが滲む。私の胸は痛み、苦しくなる一方だ。

　彼女は強張った表情で、さらにこう続ける。

「SHINDOUの専属デザイナーを断った理由のひとつにも、野々宮さんが関わってると思ってる」

「え……？」

「私たちの会社は海外勤務があって、デザイナーも例外じゃない。彼はそれをとても懸念していた。きっと、あなたを置いていくことに耐えられなかったのよ」

……尚くんは、私のことを思って、専属デザイナーになることを断った？　嘘……。信じられず、戸惑う私の耳に、若干の苛立ちを含んだ未和子さんの声が届く。

「海外へ行けば、もっと彼の才能が認められて、大きなチャンスを掴む可能性だってあったはず。小さなデザイン会社のしがない社長で、学生のお守りをしているだけの男にはなっていなかったわ、絶対」

　尚くんの可能性を潰してしまったことに罪悪感を抱く反面、今の彼を否定された気がして、反発心も込み上げる。

　ネージュ・バリエはSHINDOUのような大企業ではない。だとしても、社員を従える責任ある立場で、仕事にもクライアントにも真摯に向き合っている尚くんは立派だ。

私を気に食わないのはわかるが、彼を批判することはやめてほしくて、私は膝の上に置いた手をぐっと握りしめる。

「……どこでなにをしていようと、尚くんは尚くんです。私も、そんな彼が好きです。ずっと前から」

震える声が、込み上げる想いが、つい口をついて出た。

未和子さんにはもちろん申し訳なく思っている。けれど、彼に恋愛感情を持つのは私の自由だ。

彼女は私を一瞥し、「そう……」と呟いた。そして、冷たい声をナイフのように鋭く突きつける。

「じゃあ、彼にとってはどうかしら。一度でも『好きだ』って言われたことがある？」

核心を衝くひとことで、心にズキンと大きな痛みが走った。

なにも返せなくなって口をつぐむ私を、未和子さんは冷たくも真剣な瞳で、逃がすまいと捉えている。

「あなたのために、彼が犠牲にしたものは多いはずよ。仕事も恋愛も、プライベートの時間も。人のいい野々宮さんなら、きっとわかっているでしょう。それでもまだ、あの人に甘えて、縛りつけるの？」

鋭利な言葉が次々と心に襲いかかって、握った手の力が抜けていく。

彼女の言う通り、私は重々承知している。尚くんがたくさんのことを犠牲にして、私を守ってくれていることを。

それはもしかしたら、彼も私と同じ気持ちだからなんじゃないかと、その真意を確かめたくて一緒にいた。しかし、やはり許されないことだったの……?

未和子さんは苦しそうに眉根を寄せ、うっすらと潤む瞳で私を見つめる。

「お願い。尚秋を自由にしてあげて」

切実に懇願され、呆然としたまま、なにをすることもできなかった。

これまで私は、ただ尚くんを縛りつけて、自由を奪っていただけだった——?

私の存在自体が彼の鎖になっていたように思えて、目の前が暗くなっていく感覚がした。

それからしばらくして、未和子さんは冷静さを取り戻したようだった。

少し反省した様子で、『きついことを言ってごめんなさい。身体、お大事にね』と声をかけて、その場を去っていった。

私は心が疲弊しきって抜け殻状態だが、仕事をしないわけにはいかない。なんとか重い身体を動かしてオフィスに戻り、午後の業務を始めた。

しかし一時間ほど経った頃、熱が上がってきたのか、快適なはずの室内がとても寒く感じるし、頭がぼうっとする。

これはやばいかも……と危機感を覚えつつ、ファイルを手に腰を上げたとき、立ちくらみがして身体がふらついた。

その瞬間、そばに立っていた冴木さんが、「おっと」と咄嗟に肩を抱いて支えてくれる。

「すみません……！」

「大丈夫？　ていうか、身体、熱っ！　キョウちゃん、すぐ帰ったほうがいいよ」

冴木さんは片腕で私を抱き、もう片方の手を私の額にぺたんと当て、驚きの声を上げた。思っている以上に熱があるっぽい……。

向かい側にいる鬼頭さんも冴木さんに同意するように頷き、泉さんは駆け寄ってきて私が抱えたファイルを奪う。

「さ、帰った帰った！　こんなとこ社長に見られたら、なに言われるかわかんないわ」

茶化して笑う泉さん。私は〝社長〟と聞いただけで心が折れそうになる。

それをひた隠しにして力なく笑い、「そうさせてもらいます……」と言って早退させてもらうことにした。

冴木さんに介抱され、他の社員さんたちにも心配されながら会社を出て、三時半頃にはマンションに帰宅した。

玄関に入った途端、張りつめていた気が緩んで、靴を脱ぐとすぐにしゃがみ込んだ。背中に汗が流れるが、暑さのせいなのか、熱のせいなのかわからない。

ぐったりして座っていると、ふとおそろいのスリッパが目に入る。

「尚くん……」

ぽつりと呟いた瞬間、仕事中は無理やり考えないようにしていた彼の姿と、先ほどの未和子さんの言葉を思い出して、じわりと涙が込み上げた。

私、もうここにいられそうにないよ。尚くんと一緒に幸せになりたいけど、そんな夢は持っていちゃいけないんだ。

甘えないで、しっかりしなくちゃ。今だって、感傷に浸っていないで病院に行こう。

ポロリとこぼれ落ちた涙を手で拭い、ゆっくりと腰を上げる。

確か、リビングのキャビネットの引き出しに保険証をしまってあったはず。結婚してから病院のお世話になったことはないから、しまいっぱなしになっているのだ。

おばあちゃんみたいにヨロヨロと歩いてそこに向かい、一番上の引き出しに手をかける。

それを開けようとすると同時に、そういえば一番上の段は尚くんが鍵をかけていたんだっけ、と思い出した。しかし……。

「あれ？　開いてる」

なんの抵抗もなく開けられて、私は拍子抜けした。大雑把な尚くんのことだから、きっと鍵をかけ忘れたのだろう。

深く考えずに閉めようとしたとき、小物の下にしまわれている書類になにげなく目がいって、動きを止めた。なんだか見覚えのある茶色の枠が覗いている。

言いようのないざわめきを覚え、遠慮がちに取り出してみる。そして、目を疑った。

「――え？　なんで……」

一枚の用紙の左上にある【婚姻届】の三文字。

記入欄はすべて埋まっていて、お互いの名前の横に判子も押してある。確かに、一年前に私たちが書いたものだった。

どうしてこれがここにあるの？　私が学校に行っている間に、尚くんが市役所に提出しておいたんじゃ……!?

唖然として婚姻届を見つめていた私は、ある重要なことに、はっと気づいた。

「そういえば、名義変更してない……」

今、使おうとしていた保険証も、銀行のカードや通帳も。

二段目の引き出しを開けて保険証を取り出してみれば当然、名字は【野々宮】のまま。そもそも、尚くんの扶養に入ったなら、保険証自体が変わるのではないだろうか。カードの種類なんて気にしたこともなかったが、籍を入れたら名字を変える手続きをしなければいけないことくらいは、私もわかっている。なのに、慌ただしさにかまけて、すっかり忘れてしまっていた。

いくら使う頻度が少ないからって、今の今まで気がつかなかった自分には、ほとほと呆れる。

ただ、それは婚姻届を出していたらの話。用紙がここに残っているのだから、もともと名義を変更する必要もなかったのだ。

本当に籍を入れていたら、尚くんが手続きの仕方を教えていたはず。面倒くさがりであっても、こういう大事なことはちゃんとやる人だもの。

……そう。だから、婚姻届を提出するのを忘れていた、なんてことはあるわけがない。鍵までかけて、しまってあったのだ。なにか理由があって出さなかったのは間違いない。

じゃあ、その理由で考えられることは……。

「私と、本当に結婚する気はなかった……」

つまるところ、そういうことなのだろう。

優しい彼は、ひとりぼっちの私を見捨てられなくて嘘をついた。結婚したと思わせれば、私は彼のお世話になるしかなくなるから。

すべては、私のための大きな芝居だった――？

婚姻届を手にしたまま、ずるずると座り込む。悲しいとか、苦しいとかの感情を覚える前に、あまりにも衝撃的でこの事実を受け入れられない。

具合が悪いことも一瞬忘れ、ただ呆然としていると、バッグの中でスマホが音をたてる。

のっそりとした動きで取り出してみれば、ディスプレイに尚くんの名前が映されていて、心臓がドクンと揺れ動いた。

このタイミングで電話？ どうしよう、普通に話せる自信がない。でも、今出なくても、きっとまたかけ直してくるだろうから……。

少しだけ悩んだものの、結局応答のマークをタップして耳に当て、「はい」と出た。

そして開口一番、焦った調子の声が投げかけられる。

『キョウ、大丈夫か？　熱があるんだって？』

心の底から心配しているのがわかる声が耳に流れ込んでくると、切なさで胸がきゅうっとなる。

「うん……久々にね。ていうか、なんで知ってるの？」

『たまたま用があって会社に電話したら、鬼頭が教えてくれたよ』

ああ、鬼頭さんが……。きっと〝野々宮マニア〟の尚くんには伝えておいたほうがいいと思ったのだろう。

案の定、彼はいつも通り世話を焼く。

『とりあえず病院に行け。マンション前の通りの内科、あそこ評判いいから。あとは水分取って、汗掻いたら服を着替えて……』

「ふふ。わかってるよ、子供じゃないんだから」

基本的なことを真剣に言う彼に、自然に小さな笑いがこぼれた。

……結婚は嘘だとしても、心配しているその気持ちは本物だろう。これまでずっと彼がしてくれたことも、決して私を騙《だま》すためなんかじゃなくて、私の平穏な生活のためにしたことだと信じられる。

だから、ショックは大きくても、尚くんには感謝しかないのだ。

「ありがとね、いつも自分のこと以上に気にかけてくれて。……本当に、ありがと」

出会ってから今までの感謝の気持ちが溢れて、涙交じりの声になった。電話の向こうからは、怪訝そうに『キョウ?』と呼ぶ声が聞こえてくる。

もしも、私が隠された秘密を知ることがなかったら、いつまでこの関係を続けるつもりだったんだろう。

電話をよそに、ふと考えた瞬間、ずっと忘れていた彼のひとことがなぜか突然頭に蘇る。

『……記念日、いつもみたいに笑ってくれよ』

私がソファで眠ってしまって、彼がベッドに運んだときのことだ。確か、そう言っていたはず。

尚くん、結婚記念日に真実を話そうとしていたのかな。キリのいいタイミングで私に本当のことを打ち明け、この関係を終わらせる予定だったのかもしれない。

あの言葉は『真実を聞いても、どうか笑っていてほしい』という意味だったんじゃないだろうか。

なんとなく彼の考えが読めた気がして、妙に冷静になっていく。ようやく覚悟を決めることもできそうだ。

とりあえず今はまだ、私たちの間では〝夫婦〟ということになっているから、その嘘に乗っていることにしよう。

熱い息で深呼吸をして、「尚くん」と呼んだ。なにかを察知したのか、静かになる電話の向こうへ、ひとこと告げる。

「離婚、しようか」

ぽつりとこぼした私の声が、やけに大きく響いた気がした。

時間が止まっているのかと錯覚するほど、数秒間はなんの物音もしなかった。しばらくして静寂を破ったのは、真夜中の海を思わせる、落ち着いてはいるが暗然とした彼の声だ。

『キョウ……それは、本気で言っているのか？』

強張った口調で確認され、私はぐっと手を握って「うん」と答える。

『好きなやつができたのか？』

続けられたその問いには、即答することはできなかった。

できたんじゃなくて、ずっと前から好きだったんだよ。あなたのことが。

プロポーズしてくれたときも、私はきっとすでに恋に落ちていた。上辺の言葉でも、嘘の夫婦生活でも、本当に幸せだったよ。

心の中で叫んで、唇を噛みしめた。堰を切って涙が溢れ、泣いているのがバレバレな震える声で、なんとか答えを紡ぐ。

「……うん。すごく、好きな人がいる」

こんな形で告白することになるなら、もっと早くに伝えておくべきだったかな。

心臓に鉛がつけられたかのごとく、鼓動するたびに重くて痛い。

口元を手で覆い、必死に嗚咽《おえつ》を堪えていると、『……そうか』と呟く低い声が聞こえる。

『わかった。俺が帰ったときにお前の体調が悪くなければ、ちゃんと話をしよう。今後のこと』

抑揚を無理に抑えた調子の声で言われ、私は「うん。じゃあね」と返すだけで精いっぱいだった。

通話終了のボタンをタップし、糸が切れた人形のように、だらりと手を下げる。

ああ、終わるんだ。尚くんと過ごす、幸せな時間が。

「ふっ……う、あぁぁ……！」

我慢していた声を上げて、子供みたいに泣きじゃくった。やっぱり私は、未和子さんのような凛々しい女性にはなれない。

泣きすぎたのか、熱のせいか、頭がさらにぼうっとしてきて、パタリと倒れ込むようにフローリングにだるい身体を横たえる。

もう病院に行く気力はなく、なにもかもどうでもよくなってくる。

うつろな瞳で荒い呼吸をする私の頭に浮かぶのは、花火大会のときに聞いた鬼頭さんの言葉。

『好きな人にはいつも笑顔でいてもらいたいし、そうできるように努力したいです』

……尚くんに心から笑顔でいてもらうためには、これでいいんだ。だから、後悔はしない。

彼と過ごしてきた日々を、まるで走馬灯のごとく脳内再生しながら、私はいつの間にか重い瞼を閉じていた。

完熟な相愛

糖度80%の溺愛事情［Side＊尚秋］

リビングの開放感のある窓の向こうに、高く上がった大きな光の花が、豪快な音をたてて咲いている。

二十階のここからもそれなりに見えるが、もっと近くで、大切な人と見ていたら、今とは比べ物にならない感動を覚えていただろう。

……いや、あの子となら、いつものこの部屋から眺めたって楽しかったに違いない。

やけに広く感じるひとりきりの部屋で、俺は花火から顔を背け、おもむろに歩きだした。

杏華はきっと嘘をついている。いつもは目を見て話すのに、おばさんの墓参りをした辺りから急に目を合わせなくなったから。

わかりやすいんだ、あいつは。ドタキャンするタイプではないし。

ただ、他の人と会うというのは本当かもしれない。もしそうだとすれば、相手は瑠莉ちゃんではなく……。

ぼんやり考えながらキャビネットの前で立ち止まり、自室にしまってあった鍵を、一番上の引き出しの鍵穴に挿し込む。

カチャリと小気味いい音をたてて鍵が開き、中に眠らせていた一枚の用紙を取り出した。

約一年前、彼女を一番そばで守ると心に決めた俺の誓いを、具現化したものでもある婚姻届。これを出さずに済んでよかった、などと思う日が来ないことを祈っているのだが——。

この紙切れと共に、俺の数年間の想いも捨てなければならないときは、すぐそこまで迫っているのかもしれない。

＊　＊　＊

初めて会ったときの杏華は、まだまだ無邪気な子供で、父親がいないにもかかわらず、いつも笑顔を絶やさない明るい子だった。

彼女を取り巻く小学生の中では、とびきり可愛かったと思う。もちろんこの頃の俺には、一般的に見て可愛いな、という以外の感情はなかったと断言する。

あいつからしてみたら、俺なんかおじさんに見えているんだろうな、と常々思っていたのに、まさかここまで懐かれるとは。

いつの間にか家族同然になっていて、勉強は頑張っているかなとか、このお菓子をあげたら喜びそうだなとか、ふとしたときに杏華のことを考えている自分がいた。俺には弟しかいないから、妹への憧れもあったのかもしれない。

杏華はただの妹的な存在で、そう思っていなければならない——と自分に言い聞かせ始めたのは、いつからだっただろうか。

彼女が中学生から高校生になり、少女から女性へと変化していくのが手に取るようにわかった。

笑顔は相変わらず無邪気だったが、ときどきかいま見せる大人びた顔だったり、ドラマかなにかで感動してこぼした涙だったり。彼女の表情がとても美しく見えて、目が離せなくなるときが増えた。

身長も髪も伸びて大人っぽくなり、逆になぜか短くなっていく制服のスカートには、いろいろな意味で危機感を覚えた。

当時、二十代後半に突入していた男が、女子高生の露わになった足にドキッとしているなんて、完全にアウトだろう。

こんな俺にも他の野郎共にも、素肌をさらしてほしくなくて、「膝下十センチがトレンドらしいぞ」と適当なアドバイスをしてみたが、やはり長さが変わることはなかった。

ただ、俺がこんな気持ちになるのは杏華に対してだけだと、声を大にして言っておきたい。

他の女子高生はどうだってよかった。それどころか、年相応の女性にもそこまで心を揺さぶられることはなかったのだ。

杏華に悶々としてしまうのは気の迷いだと、仕事に打ち込んでみたり、気が合いそうな女性と付き合ってみたりしたが、後者のほうはうまくいかなかった。

いつ誰と会っていても、頭に浮かぶのはひとりだけ。その気持ちはもう家族とか、妹としてではなくなっていることに気づくのは、時間の問題だった。

そんな最中、ネージュ・バリエの前社長が辞めることになり、俺がその座に就任したときのこと。

「尚くん、社長になったんでしょ⁉　すごーい！　よっ、社長！」

「やめろ、その昭和のかけ声」

「だってお母さんが言ってたんだもん」

「あー……なるほど」

おばさんから俺のことを聞いたらしい杏華と、そんな軽いやり取りをしていたのだが、彼女はすぐに大人びた笑顔を浮かべてこう言った。

「尚くん、頑張っていたもんね。好きな仕事をやれているだけですごいのに、さらに皆に認められるって尊敬する。本当におめでとう」

透き通った水のような、純粋な言葉を俺にかけてくれる彼女に、心が洗われる気がした。

あの頃の俺は、未和子のオヤジさんとの確執で、自分がやっていることはこれでいいのかと悩んでいたから。

SHINDOUに入って海外へ出てみることも悪くはなかったが、大切な人たちがいる今の場所で、ネージュ・バリエをさらに飛躍させるために挑戦したい気持ちのほうが強くて断った。

だが進藤社長は、それを甘えだと捉えたらしい。失望したと言わんばかりに、それまでの態度から手の平を返されてしまった。

彼が俺を毛嫌いするようになったのは、大事な娘に恋人として充分な愛を与えてやれなかった俺を憎んでいるせいでもあると、わかっていたが。

同い年で大学が一緒だった未和子とは、共通の知人を通して再会し、どちらからともなく付き合ってみようかという流れになった。

彼女の仕事ぶりは尊敬できる部分も多く、軽口を叩き合える仲だったので、一緒にいるのは心地よかった。

彼女なら、杏華以上に想えるかもしれない……と期待したが、結局同じことの繰り返しで。なるべく杏華のことは考えないつもりでいたのに、未和子にはお見通しだったらしく、悲しい思いをさせてしまった。

それらのことで進藤親子に対しての罪悪感もあり、デザインの仕事も否定されて、人知れず落ち込んでいた当時、杏華のなにげない言葉にとても励まされたのだ。

俺がたいした男ではなくても、認めてくれる人は必ずいる。会社にも、すぐ隣にも。そう思える自信を与えてもらった。

そうして、彼女の純粋さやひたむきさに、いつも元気をもらっていることに気づく。

人のいいところを見つけるのが上手だったり、細かい気遣いができてしっかりしているのに〝超〟がつくほど鈍感だったり。そういう姿を見るたび癒やされた。彼女を支えているはずが、いつの間にか自分が支えられていたのだ。

最後に付き合った未和子と別れてから、〝好きになれるかもしれない〟という理由で恋人を作るのはやめた。そんなの、無理だとわかったから。

俺が特別に想えるのはただひとり。杏華にとっての〝いいお兄ちゃん〟で構わない。好きな人を、自分の手で守り続けたい。


杏華のたったひとりの家族であるおばさんが亡くなったのは、彼女への感情は恋だと認めて一年が経った頃。

俺にとっても、もうひとりの母親のような大切な存在だったから、ショックは相当なもので。なにより、悲しみに暮れてみるみる気力がなくなり、無邪気な笑顔が消えてしまった杏華を見るのも非常につらかった。

熱中症になって部屋の中で倒れている姿を発見したときは〝心臓が止まるかと思った〟というベタな表現がぴったり当てはまる。

おばさんに続き、杏華まで失いたくないと、本気で思った。

どうすれば彼女を孤独から救って、その心の傷を癒やせるのだろう。もう二度と笑顔を絶やさないためには、どうしたらいい？

俺にできることは──。

「結婚しないか、俺と」

悩んだ末に出した答えがこれだった。杏華をひとりにさせたくないなら、本当に家族になってしまえばいい、と。

当然、あいつは拒否した。そりゃそうだ。女子高生にお隣のアラサー男が結婚を迫るなんて、彼女たちからしたら〝やばたにえん〟とかいうくらいの案件だろう。

俺はただただ助けてやりたい一心で求婚し、なんとか杏華を懐柔させることに成功した。

だがそれは、すべて彼女のためだと言いきれるだろうか。俺が手放したくないだけだったんじゃないか。

俺に言われるがまま、婚姻届に必要事項を記入する彼女の姿を見ているとき、そんな疑問が浮かび上がった。

その翌日、終業時間後のデザイナーズルームに加々美とふたりで居残り、証人のサインをもらっているときもそう。これで本当にいいのかと、何度も自分に問いかけていた。

加々美は署名をしながら、脱帽したというような笑みをこぼして、こう言った。

「久礼さんが、あの子のことを大事に想っていることは充分わかっていましたけど、

「まさか結婚までするとはね」

信頼できる仕事仲間であり、数少ない相談相手でもある彼は、俺のことをよく理解している。

杏華を愛おしく想う気持ちも、それゆえに生まれる葛藤も。

「〝キョウちゃん〟はこの先、恋愛ができなくなるんですよ。家庭に縛られることだってあるかもしれない。あんなに若いうちから、彼女の人生を決めてしまっていいんですか？」

判を押す前、加々美は真剣な顔で問いかけた。俺もずっと頭を悩ませていたことと同じことを。

籍を入れたら、杏華はろくに恋愛もできないまま人の妻になる。まだまだ遊びたい年頃なのに、俺の勝手で自由に青春を謳歌《おうか》できなくなるのだ。

あいつは俺のことを慕ってはいるが、家族同然に思っているはず。考えたくはないが、本気で好きなやつができる可能性もある。もしそうなった場合には、別れることも覚悟している。

ただし、そうなったら離婚歴を残すことになってしまう。女性にとってはあまりよろしくない問題だろう。

とはいえ、彼女にいろいろな援助をしてやりたい意思は揺らがない。矛盾しているが、俺以外の男に渡したくない独占欲も、当然ある。

それらをできる限り満たすためにはどうしたらいいか、あらゆる方法を模索し、俺はあるひとつの選択をすることに決めた。

「どうなっても俺が責任を負う覚悟くらいは、とっくにできてるよ」

そう言って加々美の手から受け取った婚姻届は、引き出しに入れて鍵をかけた。これを出さなくても、杏華を守れる方法がひとつだけあったのだ。

それは、お互いが結婚を意識すること。真剣な交際をして生計を共にしていれば、事実婚も認められるし、未成年の杏華と一緒に暮らしても問題ない。

嘘をつくことになってしまうが、彼女はまだ若いし、俺たちは恋人同士でもない。そんな状態で結婚の意識を持たせるためには、本当に入籍したと思わせるのがいいと考えた。

婚姻届は〝結婚を前提に交際している〟証明にもなる。いざというときにこれを持っていれば、なにかと安心だろう。

この事実を明らかにするのは、彼女に好きなやつができて俺と別れたくなったときか、もしくは――俺を男として好きになってくれたときか、そのどちらかだ。

そのときまで、杏華に嘘をつき、偽りの結婚生活を送らせる罪悪感を抱き続けて日々を過ごす。それが、俺の選んだ道だった。

しかし、そんな考えは甘かったと思い知ることになる。

外では他人として接し、杏華の恋愛についても口出しはしない……と決めたはずなのに、彼女がバイトとして俺のもとで働き始めた頃から、他の男とのことが気になって仕方なくなっていた。

夫婦と変わらない日々を過ごしているうちに、彼女への想いはみるみる募り、愛してやりたくてたまらなくなる。嘘の関係を本物にしたい欲は高まる一方だ。

そうするためには、俺を好きにさせるしかない。

彼女が高校生の間は、年齢的なことがブレーキになって、愛おしい気持ちを露わにしないよう制限をかけていた。

だが高校を卒業し、あと一年で成人というところになると、いよいよ歯止めがきかなくなってくる。

しかも、ひとつ屋根の下で生活を共にしているのだ。風呂上がりのシャンプーの香りや、濡れた髪、無防備な寝顔……誘惑だらけではないか。いつの間にか、すっかり

〝女〟になっているし。

うまそうなごちそうが目の前にあるのに手を出せないなど、拷問以外の何物でもないだろう。よくぞここまで理性を保ったと自分を褒めてやりたい。

そういえばいつだったか、あいつは俺の性欲がどうのと赤裸々な心配をしていたな。そりゃあ溜まるに決まっている。風俗の類の世話にはならないが、自分で処理するのも虚しくてだな……と、そんなこと、バカ正直に言えるわけねぇだろうが。

とにかく、杏華に俺のことも意識してもらいたいがため、そして他の男を牽制《けんせい》するため、会社では冗談めかした過保護っぷりを見せつけ、家では甘く迫った。

かりそめの夫婦生活を、これからもずっと続けられることを願って。

そんな矢先、懸念していたことが起こる。冴木柊斗というライバルの登場だ。

杏華と年が近く、可愛い系のイケメンで人懐っこい性格から、こいつは要注意かもしれないと危惧していた。人物像だけじゃなく、デザインのセンスも申し分ないし、女子が惹かれる要素は充分に持っている。

案の定、ふたりは仕事を通して仲良くなり始め、俺の中にくすぶる不安は現在進行形で広がっている。

冴木と鬼頭とで飯を食いに行ったと聞いたときも、なんだか楽しそうにしている彼女に子供じみた嫉妬をしてしまった。

「私、尚くんの匂いしかしないと思うよ」

彼女が口にしたひとことには安堵させられたものの、その華奢《きゃしゃ》で柔らかな身体を抱きしめても、どこか安心しきれない自分がいた。

おそらく、冴木の家庭環境を知っているせいだろう。

入社希望者と面接をするとき、俺は決まって『自分を色にたとえると何色か？』という質問をしている。

その返答の仕方で応用力を見極める目的もあるが、単純にその人が自分に持つイメージを聞きたい好奇心も大きい。仕事柄、色に関しては興味があるし。

冴木にも聞いてみたところ、彼は目を伏せて少々考えたあと、「紫です」と答えた。

青と赤、相反する色が共存しているように、自分も二面性を持っているからだと。

気になって掘り下げてみれば、彼はぽつりぽつりと話し始めた。

幼い頃に養子となった経緯から、皆に嫌われないために、極端に言えば自分を守ろうとして、愛想のいい自分を作るのが日常的になっていたという事情を。

一対一で、ほぼ雑談のような面接だったから打ち明けてくれたのだろう。俺はそれを聞き、冴木が苦労してきたことと、心優しい人間であることを理解した。

本当の両親がいない点では、境遇が似ている杏華とはわかり合えるかもしれない。お互いによき理解者となって、そこから親密になる可能性も充分ある。

杏華が俺のすぐそばにいても、彼女の心が奪われるのでは、という不安は消えることがなかった。


そして先週、ネージュ・バリエの暑気払いをした夜。仲間たちと歓談していると、杏華や鬼頭と話していたはずの泉がやってきて、こそっと耳打ちしてきた。

「社長、いいんですか？　キョウちゃんを冴木くんとふたりにしておいて。野々宮マニアの名が廃《すた》りますよ」

そう言われ、彼女が指差すバルコニーのほうに目をやれば、なにやら話し込んでいるふたりの姿が視界に入る。

胸騒ぎを覚えると同時に、意味ありげな視線を向けてくる泉を見て、『ああ、こいつは俺の気持ちに感づいているんだな』と悟った。

彼女は、ただネタとして杏華を構っているだけだと思っている社員と同様のリアクションをしながらも、心の中では俺の密かな想いを理解していたのだろう。優秀なやつだ。

わざわざ報告してくれた彼女に感謝し、ついでに嫉妬が渦巻くのも自覚して、俺は不敵な笑みを浮かべて言った。

「そうだな。あとで存分に独り占めさせてもらうよ」

泉は口に手を当てて「きゃー」と冷やかしていたが、俺の言葉は冗談ではなかった。


杏華をマンションに連れて帰り、求めるままに彼女の唇を奪う。決して怖がらせないように、優しく、甘くとろかせるキスを繰り返した。

これまで長年抑え続けてきた想いと、くすぶっていた不安や嫉妬が、アルコールが引き金となって表面化してしまったのだろう。

ずっと欲しかったあいつの唇は、まるで熟した果実だ。想像以上に糖度が高く、唇だけじゃなくすべて食いつくしてしまいたくなるほどの誘惑に満ちていた。

……しかし、結局寝たフリをすることでなんとか暴走を止めた自分は、野々宮マニアどころか男の名が廃るかもしれない。

だがどうしても、成り行きで一線を越えるようなことはしたくなかったのだ。

杏華には、もう一度ちゃんとプロポーズをしたい。抱き続けてきた想いと、あえて入籍しなかった理由を打ち明け、俺の勝手でそんなふうにした謝罪をする。

それらを全部受け入れてもらえるのなら、偽りの婚姻を結んだ日を、本物の結婚記念日にしよう。

どうか、その瞬間も、彼女にはいつもの笑顔でいてほしい。

＊　＊　＊

花火の音を聞き、出さずじまいの婚姻届を見つめて、俺はぼんやりと物思いに耽っていた。

杏華にすべてを告白することは決めているし、記念日も近いが、ここへきてまた葛藤している。

今頃あいつはどうしているんだろうか。本当に瑠莉ちゃんといるのなら、なにも問題はないが、どうにも胸騒ぎがして仕方ない。やはり引き止めるべきだっただろうかと、今さらながら少し後悔している。

だが、間際になって予定を変えたくらいだ。きっと、俺と一緒にいたくないという気持ちは確かなのだろう。

こんなことは初めてだな。杏華がいつもそばにいるのが当たり前だったから。

……いや、俺がそうしていたんだ。あの子がどこにも行かないよう縛りつけていたのは、他でもない自分だ。

もしも彼女が俺のもとを去る気なら、その意思を尊重するべきで、解放してやらなければいけない。そうなったときのために婚姻届を出さなかったのだから。

いつかこういう日が来ることも覚悟していたはずなのに……やはり手放したくない。

くそったれだな、俺は。

堂々巡りの思考に辟易して、くしゃくしゃと頭を掻く。そのとき、テーブルに置いていたスマホが音をたて始めた。

婚姻届を再び引き出しの中に入れると、鍵をかけるのはあとにして、ひとまず電話を優先する。

ディスプレイを見て、軽くため息をついた。画面をタップして耳に当てると、無愛想な声を出す。

「なにか用か？」

『そっけないわね、二年ぶりの電話なのに』

ムスッとしているのがわかる電話の相手は、昨日打ち合わせで会った未和子だ。

その前にも偶然レストランで出くわし、最初は気まずさがあったものの、話してみれば二年前と変わらない態度で接することができた。

むしろ、あの頃より良好になったと思う。別れる前の数ヵ月間は、進藤社長とのいざこざがあったり、俺自身の気持ちの問題でケンカになったりと、ギスギスしていたから。

俺は改めて当時のことを謝った。未和子もなにも悪くはないのに反省していると言い、今さらながら和解したのだった。

天真爛漫なところがある彼女は、喜怒哀楽もはっきりしている。今もむくれたかと思いきや、あっさりと仕事モードに切り替わる。

『一応確認しておこうと思って。明後日のうちのレセプションパーティー、予定通り来られるわよね？』

「ああ、そのつもりだよ」

答えながら、ひとりでは余裕がありすぎるソファに深く腰かけた。

レストランで会った際に、未和子は仕事で頼みたいことがあるからと、ネージュ・バリエで打ち合わせをするためのアポを取りつけていき、昨日に至る。

進藤社長が亡くなったことはニュースで知っていたため、もう一度SHINDOUの広告のデザインを依頼されるのではないか……と予想していたが、その通りだった。

未和子がクライアントになることに関しては、別に問題ない。未練などはまったくなく、気まずいわけでもないから。ただ、やはり当時デザインを否定されたことが引っかかっていて、簡単には頷けない。

そこで、SHINDOUの新製品発表会に参加させてもらうことにした。現在の会社の様子を知れば、また違ったイメージが湧くかもしれないからだ。

明日から一泊二日の出張で、そのあとにこのパーティーがあるので、帰りは遅くなるだろう。会いたくて震えたりする年ではないが、出張のたびに杏華が恋しくて仕方なくなるのは否めない。

どんだけあいつに惚れてるんだ、と自分に呆れてすらいると、さっぱりした声が聞こえてくる。

『ま、パーティーの件は口実よ。なにしてるかなと思っただけで、特に用はないの。私の電話に出るくらいだから、今ひとりなのかしら?』

あっさりと当てられ、無性に虚しくなりつつ、「……おかげさまで」と棒読みで返した。未和子はそれを気にすることなく、ワクワクした調子で言う。

『じゃあ、一緒に花火見ない？　まだ始まったばっかりだし』

「人混みの中に行くの、面倒くせぇ」

俺は脱力感たっぷりに、迷わず答えた。杏華となら、大抵どんな場所でも行く気になるんだが。

『うーわ』

未和子も俺の性格はよく知っている。即座に断られて不満げにしたのもつかの間、

『まったく、相変わらずね』と呆れた笑いをこぼした。

『でも、よかった。その様子だと恋人はいないみたいね』

安堵したように続けられた言葉に、俺はピクリと反応する。薄々感づいてはいたが、未和子は俺とやり直したい気持ちがあるのかもしれない。

少し思案して、また彼女を傷つけてしまう前に、予防線を張っておくことにする。

「恋人はいないが、好きなやつならいるよ」

大切な人がいることを伝えると、電話の向こうが静かになった。

数秒間の沈黙が流れたあと、未和子は〝信じられない〟という気持ちを露わにした声で言う。

『まさか……ずっと前から気にかけてた〝キョウ〟っていう子？　まだあの子に構ってるの？』

やはり覚えていたんだな。俺たちが付き合っていた頃、未和子の不満の種がそれだったのだから、当然か。

だが、今はもう未和子とは深い関わりはない。あまり多くは語りたくなく、ついでに面倒くさがりも発動して、適当にかわすことにした。

「同じ職場の子だよ。もういいだろ、切るぞ」

『……それって、野々宮さん？』

スマホを耳から離そうとした瞬間に、ピンポイントな名前が聞こえてきてドキリとする。

野々宮って、どうして杏華のことを？　思わず話を続けてしまう。

「なんで未和子が知ってるんだよ、あいつのこと」

『昨日の打ち合わせのあと、偶然カフェで会って、少し話したのよ』

マジか、と心の中で呟いた。ふたりが繋がることなんて、まずないだろうと思っていたのに。

いったい、なんの話をしたっていうんだ。まさか、俺とのことを話したりしていないだろうな。未和子は理性的に見えて案外、感情に流されやすいところがあるから、杏華を困らせていないといいのだが。

悶々と考えていると、彼女は『そっか、そういうことね……』と、ひとりごとを呟いた。そして力強い口調で宣言する。

『私、尚秋のこと諦めたわけじゃないから。あなたにもらい損ねた愛が、今も欲しい』

はっきり言われ、心が乱れる。予想はしていたが、悩ましいことだ。

「未和子、だから――」

『せっかく再会できたんだもの。あがいてもいいでしょう？　二年前の後悔をなくしたいの』

説得しようとしたものの、彼女の想いは揺らがないようだった。

二年前、未和子は自分の意思よりも、進藤社長と俺との関係を優先して別れを切り出したのだと思う。彼女の気持ちもわからなくはないが、俺がそれに応えてやることはできない。

どう言えば納得してもらえるかと考えあぐねている間に、『じゃあ、またね』と告げられて、電話は切れた。

ああ、厄介なことに……。杏華とのことに加え、未和子も入り込んでくるとは。

久々に、頭の中も心の中もこんがらがる感覚を覚え、小さなため息をついて窓の向こうに目をやる。

夜空に重なっては消える美しい光の線は、それぞれの交錯する想いを表しているかのようだった。

花火が終わってしばらくしてから帰宅した杏華は、どことなく元気がなさそうに見えた。やはり、瑠莉ちゃんと会っていたとは思えない。

翌日になっても浮かない様子なので、さすがに話し合いをしたくなったが、出張に行かなければならず、時間がない。

さらに彼女の体調も優れないようだ。余計に心配になり、出がけに声をかける。

「なんか顔色が悪く見えるぞ。大丈夫か？」

「ほんのちょっと喉が痛いけど、たぶん乾燥かな。平気だよ」

けなげに微笑む杏華が、いじらしい。

つい世話を焼きたくなり、彼女の額に自分のそれを当ててみた。風邪をひいたときに昔からやっていた癖で、自然にやってしまうのだ。

……うん、おそらく熱はない。

ひとまずホッとするが、少し動いたら唇を奪える距離にいることを実感すると、胸がじりじりと焼ける感覚を覚える。

こうしていられるのも、あとわずかかもしれない。ただの思い込みだといいが、嫌な予感がするのだ。このまま離したくなくなる。

「尚、くん？」

戸惑いの声が聞こえ、俺は伏せていた瞼をゆっくりと開ける。なに女々しいことやってんだと思い直して、ようやく顔を離した。

何事もなかったようにいつも通りに振る舞い、愛おしい笑顔に見送られて家を出た。眩《まぶ》しい空の青さと入道雲に目を細める。杏華が昔、同じく夏空を眺めて『ソフトクリーム食べたい』と呟いていたことを、ふと思い出した。

こんな些細なことですら、俺は幸せな気持ちになれる。あいつにとっては、なにが一番の幸せだろうか。

……帰ってきたら話をしよう。あいつが喜びそうなスイーツを土産《みやげ》に、いつものソファに並んで、包み隠さずに話そう。

それからどの道を選ぶかは杏華次第だ。彼女はもう、子供ではないのだから。

名古屋でイベントに参加したあと、杏華のいない一夜を過ごし、翌日も慌ただしいスケジュールで動いている。

午前中の会議を終え、新幹線で横浜に戻る前に、仕事の用件を思い出してネージュ・バリエに電話をした。

応対したのは鬼頭で、話はスムーズに伝わった。電車の時刻が映し出される電光掲示板を見上げ、気持ちよく電話を切ろうとする。

「じゃあそういうことで、よろしくな」

『あ、ちょっと待ってください』

引き止められてキョトンとする俺に、鬼頭は音声ガイドのような、感情が読み取れないいつもの調子で告げる。

『実は野々宮さんが熱を出して、ついさっき早退したんです。冴木さんが介抱していましたが』

「なに？」

聞き捨てならない報告に、俺はぎゅっと眉根を寄せる。

杏華が熱を出して早退？　しかも、冴木に介抱されていただと？

急激に焦燥感が湧き上がってくる俺に、鬼頭は淡々と言う。

『ほぼ間違いなく、冴木さんの恋の矢印は彼女に向いていますね。野々宮マニアの社長には、一応お伝えしておいたほうがよろしいかと』

泉に続き、お前もか、鬼頭。優秀なやつばっかりだな、うちの会社は。

俺の恋心を汲み、わざわざ報告してくる部下たちには頭が下がる思いで、「わかった。ありがとう」と感謝した。

冴木は最初から杏華を気に入っていたようだし、やはりそうか、という感じだ。とはいえ当然、嫉妬や危機感は増すばかりだが。

気が気じゃなくなっていると、珍しく若干歯切れの悪い口調で、ぶつぶつと話す声が聞こえてくる。

『個人的には、社長と野々宮さんの幸せを願っています。私の恋路が明るくなる可能性が、一パーセントくらいは上がるかもしれないので……って、こんなふうに思うのさえ、おこがましいんですが』

「ん？」

ごにょごにょと話すから聞き取りづらいが、今、『私の恋路』と言ったよな？　鬼頭にも好きなやつがいたのか。へえ、あの鬼頭に……。

微妙に驚いていると、彼女はキリッとした調子に戻り、『では、失礼します』と告げた。

俺もとにかく杏華の具合が心配なので、連絡を取りたくて、電話を切ってすぐ彼女にかけてみる。

コール音が鳴りやみ、彼女が出るのとほぼ同時に「キョウ、大丈夫か?」と尋ねた。

電話越しでも呼吸が荒いことがわかり、こちらまで胸が苦しくなる。しかしどことなく様子がおかしく、熱のせいだけではなさそうだと感じた、そのときだ。

『離婚、しようか』

――一瞬、自分を取り巻く世界が止まったかのような、無の感覚に陥った。

駅構内の雑踏も、喧騒《けんそう》も気にならなくなり、彼女が発した単語だけが頭の中を巡る。

「キョウ……それは、本気で言っているのか?」

『うん』

すでに決心しているかのごとく答えた杏華に、今まで聞くのを躊躇《ちゅうちょ》していた質問を投げかける。

「好きなやつができたのか?」

その問いに答えるまでには間があった。泣いているのがわかり、胸が引き裂かれそうになる。

『……うん。すごく、好きな人がいる』

震える声でそう告げられ、俺にはもう、その涙を拭ってやる資格はないのだと思い知らされた。

……泣くほど好きな男は冴木か？　いや、誰だっていい。俺でなければ意味がない。

そういう男が現れたら、杏華はそいつに託すと決めた――はずだった。いざその状況になってみると、そんな気持ちは建て前でしかないことに気づく。

むしろ、わからせてやりたい。お前のことを一番理解していて、目いっぱいの愛と幸せを与えられるのは誰なのかを。

俺は自分で思っていたより、相当勝手な男だったらしい。昔も今も、困らせるのをわかっていながら、彼女を愛することをやめられないのだから。

「わかった。俺が帰ったときにお前の体調が悪くなければ、ちゃんと話をしよう。今後のこと」

湧き上がる熱情を抑え、努めて冷静に言い、通話を終えた。

伝えるのは離婚話などではない。これからも彼女を守り続けたいという、俺の強い意思だ。

未和子の気持ちが少しだけわかったよ。届かないかもしれなくても、悪あがきして、想いを伝えたいっていう気持ちが。恋愛ってのは身勝手なもんだよな。

これまでの迷いが吹っきれ、どこか清々しささえ感じながら、新幹線のホームへと歩き始める。

悪いな、キョウ。やっぱり俺は、お前にとっての〝いいお兄ちゃん〟にはなれそうにない。

横浜に着き、まず大急ぎで大事な私用を済ませたあと、込み上げる焦燥感を必死に抑えてSHINDOUのどデカい本社ビルへ向かった。

レセプションパーティーが始まるのは午後七時からだが、これに出ている場合ではなくなったため、その一時間以上も前に乗り込んで手を打つことにしたのだ。

杏華の体調も気になるが、仕事を疎かにするわけにもいかない。なるべく速やかに用を済ませた俺は、本社をあとにしようとする。

「尚秋？」

早足でエントランスに向かっていたとき、怪訝そうな声に呼び止められた。

振り向いた先にいるのは未和子だ。数人の社員と一緒にいた彼女は、仲間たちに声をかけてこちらに駆け寄ってくる。

パーティーの準備も大詰めなのだろう。他の社員はさっさとエレベーターホールのほうへ向かっていった。

未和子は驚いたように目を丸くして言う。

「早いじゃない。外で時間潰すの？」

「いや。悪いが、今日は出席できなくなった。どうしても外せない用ができて」

早くあいつのもとへ行きたいと逸《はや》る気持ちを抑え、そう伝えた。

それだけで、勘が鋭い未和子は瞬時に理由を感じ取ったらしい。表情がみるみる強張っていく。

「……まさか、また〝キョウちゃん〟？」

否定しない俺を見て、唖然としていた彼女は、ぎゅっと眉根を寄せる。

「仕事よりも、他人のご近所さんが大事なの⁉ あなたは自分のことを犠牲にしすぎだわ。どうしてそんなに、あの子がいいのよ……」

未和子は悔しさと悲しさが入り交じった顔で、次第に弱々しく声を震わせた。

二年前と同じ気持ちにさせてしまって申し訳なく思いつつも、俺は苦笑を漏らす。

「理屈は俺にもわからない。十も年下の女に、こんなに惚れるなんてな」

まったくの予想外だった。妹同然だった女の子が欲しくてたまらなくなるなど。

「でも、自分を犠牲にしたっていう感覚はないし、これからもするつもりはない。今回の仕事の件も、今、社長と話してきたから」

俺の言葉に、唇を噛みしめて俯いていた未和子が目線を上げる。

パーティーに出られない代わりに、今しがた社長に挨拶をして、新製品のコンセプトについてできる限り詳しく聞いてきた。

現社長は進藤社長よりもだいぶ若く、忙しい中、アポなしだったにもかかわらず快く会ってくれて、とても温厚で感じのいい人である。

彼の明確なビジョンを聞いている間にもイメージを思い描けて、今度こそうまくやれるのではないかと直感した。

未和子は険しくなっていた表情を和らげ、期待がこもった瞳で俺を見つめる。

「じゃあ……」

「SHINDOUの広告、俺たちにやらせてくれ。必ずいいものにする」

自信を持って宣言すると、彼女は安堵したように口元を緩め、「……ありがとう」と言った。

そしてため息を吐き出し、寂しそうに微笑む。

「面倒くさがりで大雑把なあなたが執着するのは、仕事だけだと思ってたのに、こんなに一途《いちず》になる女の子がいたなんてね……。本当、呆れたわ」

力なく嘲《あざけ》る未和子には、諦めの色が滲んでいるのがわかった。

彼女の想いに応えることはできないが、仕事では精いっぱい向き合える。そうやって少しずつ、新しい関係を築いていけたらと思う。

未和子は気持ちを切り替えるように、背筋を伸ばしてひとつ息を吸い込み、さっぱりした口調で放つ。

「きっと、もうなにを言っても無駄ね。急いでいるところを引き止めてごめんなさい。その勢いで、早く愛しのキョウちゃんと恋人になったら？」

少々投げやりにも感じるひと声が投げられ、俺はふっと笑いをこぼした。

「なれたらいいんだけどな。とりあえず、プロポーズしてくる」

「はいはい、プロポーズだろうがなんだろうが、どうぞお好きに……プッ、プロポーズ⁉」

さらっと口にした俺のひとことに、未和子は目を見開いて驚愕した。すっとんきょうな声がフロアに響き渡り、周りの人たちの注目が集まる。

固まる未和子にクスッと笑い、「じゃあな」と短く告げて踵を返した。

足早に大通りへ出て、タクシーを拾う。慌ただしくそれに乗り込みながら想うのは、もちろん杏華のこと。

あいつ、まだ泣いているだろうか。もしそうなら、もう一度俺に涙を拭わせてほしい。今はまだ、偽りではあっても俺が彼女の旦那だ。

だが、これで夫婦ごっこはおしまいにしよう。あいつを縛りつけるのも。

バッグの中に忍ばせた小さな箱を見下ろす。先ほど、横浜に着いてまず向かった場所で手に入れたものだ。以前からオーダーしてあり、今日取りに行く予定ではなかったのに……まったく、人生とは計画通りにはいかないな。

その小箱に触れながら、どんな結果になっても受け止めようと腹を括《くく》った。

——そうして彼女が待つ部屋へ入った直後、俺は約一年前と同じ、心臓が止まりそうになる感覚を味わうことになった。

リビングのフローリングに、しまってあったはずの婚姻届と共に、杏華が倒れていたから。

「キョウ⁉」

手から離れたビジネスバッグが床に落ちて、中身が飛び出し、白い小箱がコロコロと転がる。

俺は血の気が引くのを感じ、一目散に彼女のそばへ駆け寄った。

薬の成分は妻恋エンゲージ99%

……あれ、身体が痛くて重い。石になる呪いをかけられたかと思うくらい、自由に動かせない。

なんなの、この硬い床は。冷たくて気持ちがいいけど痛いよ。どうして私はこんなところで横になっているんだろう。

「――ウ、……キョウ……！」

ぼうっと考え始めたとき、私の大好きな声が頭の中に響いてきた。なんだかとっても焦っているみたい。

「キョウ！　おい、しっかりしろ！」

どんどん声がはっきりと聞こえてきて、上体を起こされる感覚で、うっすらと瞼を開けた。

血相を変えた尚くんの顔がぼんやり見えて、とりあえず名前を呼ぼうと口を開く。だが、喉が熱く、カラカラに渇いていてうまく声が出せない。出るのは咳だけ。

それを察してか、彼はすぐに水を持ってきてくれて、私はとにかく喉を潤した。

「大丈夫か？　この様子だと病院に行ってないんだろ。ったく、しょうがねぇから救急に――」

尚くんは怒ったような口調で言い、抱きかかえようとする。私はこれが夢か現実かまだはっきりしないが、慌てて声を絞り出す。

「待って……大丈夫、だから」

彼の袖をきゅっと掴むと、潤んでいる瞳で見上げた。

「行きたくない……ここにいたい。ずっと、尚くんのそばにいたい……」

心に溜まっていた想いをそのまま言葉にして、はたと気づく。

あれ、そういえば私、熱があって帰ってきたんだっけ。身体が動かないのはそのせいで、声を出しづらいのは喉が荒れているせいか。

というか、どうして私、泣きそうになりながらバカ正直なことを口走っているんだろう。

記憶を巻き戻している最中、尚くんは驚いたのか、目を大きく開いて私をじっと見つめる。そして、憂いの表情の中にどこか安堵の色を滲ませた。

「それは俺のセリフだ」

口調が丸くなったかと思うと、私の背中と膝の裏に両腕を回され、軽々と抱き上げられる。

されるがまま寝室に運ばれ、ベッドにそっと下ろされた。尚くんに触れられたことと、マットの柔らかさのおかげで安心に包まれる。

彼はいまだ心配そうに私の顔を覗き、頬に手を当てて「本当に大丈夫か？」と気遣ってくれる。

まだだるくて、ぼうっとするけれど、病院に行くほどではなさそうなので、こくりと頷いて微笑んだ。

大きくなってから熱を出すと、こんなにつらいものなんだ。あんなところで寝てしまったのは、ここ最近ずっと寝不足だったせいもあるだろうけど。

呑気な私に対し、尚くんは心底ホッとしたように深く息を吐き出して、ベッドに腰かけた。

「お前はどれだけ、俺の寿命を縮める気だよ。……って、俺も人のことは言えないか」

「え？」

「相当ショックだったよな。見たんだろ？　婚姻届」

こちらを見つめ、しっかりとした口調で核心を衝かれた瞬間、はっとして私は目を見開く。

出されていない婚姻届を見つけたこと。私が電話で離婚を切り出したこと。この瞬間まで脳がそれらを考えることを拒否していたかのごとく、今、一気にすべてを思い出した。

急激にいたたまれなくなり、ブランケットを勢いよく引っ張って頭までかぶる。

離婚を切り出したくせに、それを棚に上げて『ずっと、尚くんのそばにいたい』と口走っちゃうなんて、勝手すぎるでしょ。しかも彼が帰ってくるまで寝ていたとか、本当に呆れる……。

穴があったら入りたい気分でくるまっていると、尚くんが「おい、どうした」と怪訝そうに言い、ブランケットに手をかける。

それが取りはらわれたとき、窓の向こうの景色が見え、ふと疑問が浮かぶ。

外がまだ若干明るいのだ。おそらく七時くらいだろう。彼が帰ってくるのは夜遅くになるはずだったのに、予定が早まったのだろうか。

それか、もしや……私の体調を気にして、早く帰ってきたの？

「尚くん、パーティーかなにかがあるんじゃなかったっけ？」

婚姻届の件をよそに、ベッドに片手をついて私を見下ろしている尚くんに問いかけた。彼は一瞬キョトンとしたあと、ふっと小さな笑みをこぼす。

「ああ、それはもういいんだ。気にするな」

その言い方から察するに、きっと仕事より私を優先したってことだよね？　そのせいで尚くんが大変な思いをすることにはならないの？

やっぱり私は、お荷物でしかないんじゃないだろうか。

「……また、私のために？」

私はゆっくりと上体を起こし、ぽつりと呟いた。体勢を戻して座り直す彼を、眉を下げて見つめる。

「尚くんは自分のことを犠牲にしすぎだよ。仕事も、プライベートも……恋愛も、全部。本当は、もっと好きなようにやりたいんじゃないの？」

未和子さんの姿や言葉を脳裏によぎらせ、はっきり問いかけてみた。

彼はわずかに眉根を寄せ、落ち着いた口調で返す。

「そんなふうに思ったことは一度もない」

「嘘。だって婚姻届、出してないじゃない……」

すかさず反論し、ぎゅっと下唇を噛んだ。言葉にするとつらさが増して、顔を上げていられない。

尚くんは変わらず冷静に話しだそうとする。

「キョウ、そのことだが――」

「ごめんね」

罪悪感が込み上げて、つい話を遮ってしまった。口をつぐむ彼に、震える声で言う。

「私を見捨てられなくて、嘘をついてまで助けてくれたんでしょ？　尚くんがいろんなことを諦めて、私を守っているってわかっていたのに、甘えっぱなしでごめん。結局私は、いつまで経っても子供のまま……」

なにもできない無力さを思い知らされて、じわりと涙が浮かんだ。こんな未熟な私が、女として見てもらえているわけがない。

「それで俺から離れようとしたのか？　自分が負担になってると思って？」

切なげな声色で確かめられ、俯いた状態で小さく頷いた。そして改めて意を決し、口を開く。

「ひとりでも、もう大丈夫だから。尚くんも、自由に生きてほしい」

優しい尚くんのことだ。こうやって告げれば、私の意思を優先するはず。花火大会のときみたいに、きっと追ったりはしない。

その予想は間違っておらず、彼はスッと立ち上がる。

「じゃあ、お前の望み通り、これからは俺の好きにやらせてもらう」

きっぱりと言い、さっさと部屋を出ていく彼の姿を見て、胸に大きな痛みが走った。

これで本当に終わりなんだ……。こうなることを覚悟していたはずなのに、胸がズキズキと疼いて仕方ない。

涙がこぼれる寸前で、あっという間に尚くんが戻ってきた。ダメだ、泣いたらまた心配させてしまう。

「キョウ」

彼はベッドの脇にひざまずき、私の顔を覗き込む。涙を堪えてぎゅっと目を閉じた、そのとき。

「好きだ。俺と結婚してくれ」

——耳を疑うひとことに、一瞬、涙が引っ込んだ。

「……え？」

目を開き、おそるおそる彼のほうへ顔を向ける。真剣な眼差しに射抜かれ、心臓がドキンと跳ねる。

私を好き……って、本当に？

「キョウに好きなやつができたら、俺は身を引くつもりだった。そうなったとき、お前に離婚歴が残らないように、籍を入れず事実婚状態にしたんだ」

尚くんはリビングから持ってきた婚姻届を一瞥し、それを出さなかった理由を明かした。

……まさか、尚くんがそんなところまで気遣っていたなんて。まったく思いもしなかった理由に、驚きを隠せない。

「結局、身を引くなんて無理だって思い知らされたよ。想いを抑えるのは、想像以上に苦しかった。これでキョウを手放したら、一生後悔し続ける」

嘲笑を浮かべる尚くんに、胸がきゅっと締めつけられた。

彼の瞳はすぐに切実そうな色に変わり、視線を絡ませてくる。

「もう一度聞くが、好きなやつができたのか？　俺以外に」

さっきはなかったひとことを付け加えられたら、もはやごまかすことなどできない。

唇を結んで、溢れそうな気持ちを堪え、しっかりと首を横に振った。

ホッとした表情を見せる尚くんは、きっと私と同じく葛藤していたのだろう。

その苦悩など知る由もなかった私は、決まりが悪くなって肩をすくめる。

「私、子供の頃からの延長で、お世話してくれてるものだとばっかり……」

「俺はお前が思うより、面倒くさがりで自分勝手な男だ。ただの馴染みってだけで、夫婦ごっこまでできるかよ」

尚くんは呆れた笑いをこぼし、いつものように私の頭に手を伸ばす。

「だから、キョウが謝る必要なんかない。全部俺がやりたくてやったことだ。一緒に暮らすことにしたのも、お前のことを優先するのも……ここに何度もキスしたのも」

髪を滑った手が顎まで移動してきて、私の唇に人差し指が、ちょんと触れた。その瞬間、ぼっと火がついたかのごとく頬が火照る。
キ、キスって、暑気払いをやった、あの夜のことだよね⁉
「覚えてるんじゃん！」と叫ぶと、尚くんはいたずらっ子みたいに笑った。

恥ずかしいな、もう……。今、顔が熱いのは絶対に熱のせいじゃない。いろいろと衝撃的で、具合の悪さも気にならなくなっているよ。

意地悪な尚くんは、むくれる私の頭をポンポンと撫でたあと、なにやら小さな箱を開け始める。婚姻届以外にもなにか持ってきていたらしい。

首を傾げてその様子を眺めていた私は、彼の指先にキラリと輝くものが見え、目を見張った。

彼はこれまで以上に誠実で温かな笑みを湛え、私の左手を取る。

「キョウがそばにいるから頑張れることが、たくさんある。俺は、お前を愛せるだけで幸せなんだ」

夢にまで見た言葉がかけられると共に、薬指に綺麗なプラチナのリングが通され、胸が震えた。

私には豚に真珠と言うべきそれは、植物のつるのような曲線を描くリング。その中央には、花をかたどった存在感のあるダイヤがひと粒輝いている。

……もしかして、尚くんも覚えていたの？　ふたりで行ったショッピングモールで、小学生だった私が、花をモチーフにした指輪に憧れの眼差しを向けていたことを。

あのとき、おもちゃの指輪を買った彼は、それを今のように私に嵌めながらこう言ったのだ。

『本物の指輪は、将来キョウのことを心底好きになった男がくれるよ』

その男性が、あなた自身になるだなんて——。

「昔のこと、覚えてたの？　いつの間に、こんな……」

「本当は記念日に渡すつもりで用意していたんだが、そこまで待っていられなくなったからな」

以前から準備していたのだと知り、うまく言葉にできないほどの感激で、再び涙が込み上げ、呆気なくこぼれ落ちた。

尚くんは私の左手を優しく握り、もう片方の手で濡れた頬を拭う。視線を絡ませた瞳には情熱と真摯さを感じ、胸が苦しいくらいにときめく。

「真実を隠していて悩ませたことは、一生愛することで償う。それを受け入れてくれるなら、正真正銘の、俺の妻になってほしい」

二度目のプロポーズは、確かな愛があると信じられる。

未和子さんとのことでなくしていた自信も、少しずつ持ち直していく。罪悪感は消えないけれど、尚くんの言葉を信じたいし、瑠莉に言われた通りに自分の気持ちも大事にしたい。

重ねた左手にきゅっと力を込め、涙声でなんとか言葉を紡ぐ。

「私、もっと素敵な大人になるように、努力するから……ずっと、そばにいさせてください」

伝えたいことはたくさんあるのに、たいしたことは言えなかった。それでも、尚くんは愛おしそうに微笑み、背中を引き寄せて抱きしめてくれた。

私たち、本当の夫婦になれるんだ。どれだけ待ち望んでいただろう、この瞬間を。

眩暈《めまい》がするくらいの幸せを覚え、それに浸るべく身を預ける。

しばらくして涙が落ち着いた頃、そっと身体が離された。

しかし顔の距離はいまだ近く、色気を帯びた瞳と視線が交わる。それが伏し目がちになって近づいてきたので、私はドキッとしつつ、慌てて口を手でバリアする。

「ダメだよ、風邪うつっちゃう」

「気合いでなんとかする」

「説得力ないな」

不満げな尚くんに苦笑するも、本音を言えば私だって愛のあるキスがしたい。

もう気持ちを抑える必要はないのだし、むくむくと芽生える欲求を正直に伝えてもいいだろうか。

「風邪が治ったら、たくさんして、ほしい……です」

徐々に恥ずかしくなり、たどたどしく、さらになぜか敬語になった。

熱のせいなのか照れなのか、熱い顔をしおしおと俯かせると、尚くんの口から深いため息が吐き出される。

次の瞬間、肩を押され、ぐるりと視界が反転する。背中から優しくベッドに倒されると、彼が覆いかぶさってきた。

「な、尚くん⁉」

「くそ……今すぐ抱きたい。可愛すぎるんだよ、お前は」

ぎゅうっと抱きしめられながら、苦しげかつ甘く囁かれ、心拍数が急上昇する。そんなふうにストレートに言われたら、余計に恥ずかしくなるってば。

逞しい腕の中で縮こまる私の耳に、彼は究極に色っぽい声を吹き込む。

「回復したそのときは、キスだけで済むと思うなよ。心も身体も、とろとろに溶かして、隅々まで愛してやる」

ああ、もう……刺激が強すぎてどうにかなりそう。彼に愛されるシーンを妄想してしまい、頭から湯気が出ているんじゃないかと思うほど全身が火照りだす。

「また熱が上がってきたかも……」

「おっと、悪い。飯はどうする？　食べられそうか？」

尚くんはパッと身体を離し、優しく気遣ってくれる。

具合が悪いことよりも、胸がいっぱいでなにも食べられそうにない。首を横に振ると、彼はそっと髪を撫でる。

「じゃあ、ゆっくり休め。寝るまでいてやるから」

そう言ってベッドから下り、氷枕とスポーツドリンクを持ってくる彼を見て、私は内心ホッとしていた。

ようやく極甘攻めから解放された……。

それもつかの間、ネクタイとボタンを外し、鎖骨をちら見せしたセクシーな彼がベッドに入ってくるので、私はギョッとする。

「え、なに⁉」

「キスしない代わりに、隣で見守るくらいは許してくれよ。……つっても、さすがにシングルは狭いな」

ぼやきながらベッドの端ギリギリで横になった尚くんは、「まあ、これからは俺のベッドで一緒に寝るからいいか」と、何食わぬ顔で付け足した。

そっか、ダブルベッドで一緒に寝ることに……って、また妄想に拍車がかかってしまうからやめてください、本当に。

ドキドキがやまず、猫のように丸くなると、彼は片肘をついて手で頭を支え、クスッと笑う。

「つらくなければ、もう少し話そう。俺に聞きたいことが、いろいろあるんじゃないか？」

確かにありすぎる。いつから私を好きになっていたのかとか、未和子さんとはどういう話をしたのかとか、他にもたくさん。

「うん。私も話したい……あっ」

悩んでいたここ最近のことより、肝心なことを伝えていなかったと思い出した。

キョトンとする尚くんを見つめ、はにかみつつ告げる。

「私も、ずっと前から尚くんのこと、大好きだよ」

やっと告白できて、達成感に似た感覚を抱いた。

一瞬目を丸くした尚くんは、仰向けになって片手で目の辺りを覆い、「可愛い……抱きたい……つらい」と呟く。

どこぞのキャッチフレーズか、とツッコみたくなりつつ、ひとり悶える彼に、私もクスクスと笑う。

こんなふうに想ってくれる人と夫婦になれるなんて、私は本当に幸せ者だ。

喜びを噛みしめながら、眠くなるまでじっくりと話をした。疑問に思うことはひとつずつ解消して、お互いの気持ちをすり合わせて。

そうしてわかったのは、私たちはお互いを必要としていて、愛を熟したいと思っていること。

両想いになれた途端、現金な私は、風邪もどこかへ吹っ飛んでいく気がしていた。

初夜の味わいは糖度満点

ゆっくり休んで、だいぶ回復した翌々日。私は朝からバイトに入っていて、夏季休暇中では最後の一日通しシフトだ。

学校が始まったらしばらくは、また平日の夕方にちょこっと入るスタイルに戻る。この一ヵ月ほどでオフィスにだいぶ馴染んできたから、皆に会える頻度が少なくなるのは少し寂しい。

朝のミーティング内容を聞きながら、絶対ここに就職しよう、と改めて心に決めていた。

そして、話をする久礼社長に、密かに熱い視線を送る。私たちはれっきとした恋人で、婚約者なのだと思うと、なんだかドキドキする。

しかし当然、彼のほうはそんなことは微塵も感じさせない。

「ダンジョンのサイト、だいぶ評判がいいようだぞ。この調子で、シラカバのほうも頼む」

「頑張ります」

尚くんに声を投げかけられ、鬼頭さんがキリリとした表情にわずかな笑みを湛えて、軽く頭を下げた。

私も関わったサイトは、先日無事リリースされたのだが、さっそく新しい案件に取りかかっている。再び鬼頭さんと冴木さんがタッグを組むので、いろいろな意味で要注目だ。

話は終わりらしく、尚くんが腰を上げる。

「連絡事項はこんなもんかな。ああ、あと俺、結婚するから」

業務連絡の延長のような調子で、さらりと爆弾発言が投下され、皆も私もぽかんとする。

ちょっと。今日さっそく報告するなんて、聞いていないんですが！　さては面倒くさがって私に言わなかったな……。

数秒の間があったあと、意味を理解した皆が、一斉に驚愕の声を上げた。

「えええっ⁉」

「うっそ！」

衝撃を受けている皆に構わず、尚くんはこちらに近づいてくる。ギクリとした直後、ぐっと肩を抱かれた。

響き渡った。

「嘘じゃねーよ。なあ、キョウ？」

そこはかとなく甘い声色でいつも通りの呼び方をされ、心臓が飛び跳ねる。

これには皆、さらに驚いたようで、「うえぇ～っ‼」と、より一層大きな叫び声が響き渡った。


ああ、まだ心の準備ができていなかったのに……。めちゃくちゃ恥ずかしいし、皆の視線が痛い。

肩を抱かれたまま、顔を赤くして縮こまっていると、隣の泉さんが私と尚くんを交互に見て、興奮状態で問いかける。

「つ、付き合ってたんですか⁉」

「いや、俺の告白がプロポーズだったから」

ざっくばらんな尚くんの答えに、四方八方から冷やかしの声が上がった。この人、本当に隠さないんだから。

加々美さんは「捨てられなくてよかったですね」と意地悪っぽく尚くんに囁くも、それとは裏腹な、いい笑顔を浮かべていた。

盛り上がり始める中、向かい側にいる冴木さんが、呆気に取られた様子で呟く。

「交際ゼロ日婚のカップルって、本当にいるんだ……」

「これまでのふたりの夫婦漫才を見ていれば、そうなるのも納得です」

彼の隣で頷く鬼頭さんは、特に驚いたふうではないけれど、かすかに唇に弧を描いていた。

私の恋愛事情を知っていたふたりと、仲良くしている泉さんには、改めてちゃんと話さないと。

まだまだ皆の興奮は冷めないが、尚くんが一旦話をまとめる。

「そういうわけで、俺の大事な大事な可愛い妻を、今後ともどうぞよろしく」

恥ずかしげもなく言ってのける彼に感服しつつ、私も立ち上がって「よろしくお願いします」と深く頭を下げた。

前方の冴木さんと目が合うと、気まずさを覚えるものの、彼は〝負けた〟というような笑みをこぼして拍手をしてくれる。

次々に「おめでとう！」の声が飛び交い、オフィスは温かな祝福ムードに包まれていた。

賑やかな一日の始まりとなり、皆も浮き立っていたが、しばらくするといつも通り仕事に集中していた。

午後一時を過ぎ、オフィスの一角にある休憩スペースでコーヒーを淹れていたとき、冴木さんがやってきた。

淹れたものを渡そうとすると、彼は「いいよ」と制し、意味ありげに口角を上げて言う。

「キョウちゃんの好きな人って、やっぱり社長だったんだね」

どうやら感づいていたらしい。私はちょっぴり気まずい笑みを浮かべて、肩をすくめる。

「気づいていましたか」

「そりゃあね。だから、社長にはきっと敵わないなって思ってた。人徳とか、懐の深さとか、俺にはまだまだ超えられないから」

冴木さんも苦笑するけれど、その表情はどこか清々しくも見える。

尚くんが冴木さんの面接をしたとき、すでに彼の家庭の事情も知っていたのだと、一昨日の夜に話していた。

おそらく、尚くんは信頼できる人だと初対面で感じ取ったから、冴木さんも打ち明けたんじゃないだろうか。仕事に対する姿勢だけじゃなく、そういう部分も含めて、彼は尚くんを尊敬しているのだろう。

でも、そんな冴木さんだって魅力的な人であることには違いない。

「私、前に冴木さんの人柄が素敵だって言いましたよね。あれは嘘じゃないですよ」

フォローするわけではなく、本心を伝えた。

一瞬キョトンとした彼は、すぐ穏やかな表情になり、「ありがと」と答えた。そしてワークスペースのほうにちらりと目をやり、こう続ける。

「キョウちゃん、『冴木さんが素をさらけ出せるのは、私だけじゃない』とも言ってたよね。俺も最近、そうかもって思えるようになったよ」

「え……」

それって、自然体でいられる相手が、誰か見つかったということ？　もしかして、その人って……。

私は即座にピンときて、目を丸くした。冴木さんは意味深な笑みを浮かべ、「お幸せに」と声をかけてワークスペースへと戻っていく。

その姿を目で追っていると、彼はまだ作業をしている鬼頭さんのもとへ向かい、トントンと肩を叩いた。

「鬼頭さん、今度また牛丼屋に行きませんか。あ、ダンジョンでもいいですね」

突然誘われた鬼頭さんは、あからさまにギョッとして、「え!?」と声を裏返らせた。

彼女の向かい側にいた泉さんも、ふたりを凝視している。

にっこりと笑いかける冴木さんに、鬼頭さんは平静を保つように眼鏡を押し上げて答える。

「あ、ああ、そうですね。またチームの皆で――」

「ふたりがいいです。できれば」

真剣で力強さのある声に遮られ、鬼頭さんは目を見開いて硬直した。

私は叫びそうになるのを堪えて、口を手で覆う。冴木さんは「考えておいてください」と言い、可愛さを控えた大人っぽい笑みを残してオフィスを出ていった。

泉さんと目を合わせると、ふたりして一目散に鬼頭さんのもとに駆け寄る。

「なんかわかんないけど、やったじゃないですか、鬼頭さ〜ん！」

「冴木さんのほうから誘ってくるなんて……あー、もー、大興奮です！」

近くに人がいないのをいいことに、彼女を取り巻いてはしゃぐ私たち。しかし、当の本人は魂が抜けたかのごとく呆然としている。

どうやらキャパオーバーだったらしい。泉さんも「ダメだ、バグっちゃった」と苦笑した。

冴木さんはきっと、花火を見ながら話したときに、鬼頭さんが自分のことを理解してくれていることに気づいたんだ。まだ恋愛感情ではないかもしれないが、もっと親しくなろうとしていることには違いないだろう。

ふたりの仲が進展しそうで、とても嬉しい。鬼頭さんの想いも届くといいな。

締まりなくニンマリしていると、泉さんにバシン！と背中を叩かれる。

「痛っ⁉」

「呑気な顔してないで、キョウちゃんの話もじっくり聞かせてもらうからね⁉」

すでに酔っぱらっているんじゃないかというくらいのテンションで言われ、そうでした、と思い出す。

根掘り葉掘り聞かれそうだ。どこまで話したらいいものか、と少々悩みつつ、「お手柔らかに……」と頭を下げた。


あれから、休憩中は私たちの電撃結婚の話題で持ちきりになり、これまで内緒にしていたことがバレない程度には打ち明けた。

泉さんも鬼頭さんも、尚くんの気持ちには気づいていて、しかもさりげなくお尻を叩いたというから驚いた。

そして翌日の夜、瑠莉と待ち合わせをして韓国料理店へと向かっている。本格的な韓国料理が食べられると人気で、前から行ってみようと言っていた店だ。

瑠莉にも最近のことと結婚の報告をしたくて、こうして会っているのだが、店に着くまでの間にほとんど話し終えていた。

一部始終を聞いた彼女には、安堵が交ざった嬉々《きき》とした笑顔が広がっている。

「もう、どうなるかと思った。本当によかったよ。おめでとう！」

「ありがと～」

瑠莉が横からガバッとハグしてきた。喜びに包まれる私に、彼女は矢継ぎ早に質問をしてくる。

「で？　結婚式はどうするの？」

「んー、まだそこまでは話してないけど……いつかできたらいいな」

私の親戚はいないが、尚くんは家族や、仕事の関係でお披露目しておきたいかもしれないし、欲を言えば私も憧れの式を挙げてみたい。ただ、彼が面倒くさがらなければ、ね。

瑠莉はにこやかに「そのときはぜひ呼んでよ」と言い、彼氏のように私の肩を抱く。

そして、なんだか意味ありげに口角を上げて問う。

「ねえ、久礼さんのお友達に、未婚男性いる？」

「多くはないけど、いると思うよ」
「よーし。式はなる早で頼むわ」
ものすごい私情を挟んでくる瑠莉お姉様。これは間違いなく出会いを求めている
な……。
「……女豹《めひょう》って呼んでいいですか」
「なんだとー」
ピクリと片眉を上げる彼女に、私はケラケラと笑った。
素敵な男性がいないかをチェックする気満々の瑠莉だけど、もちろん私を祝福する
気持ちが根本にあることはわかっているよ。
ふざけ合っているうちに、一見居酒屋のような韓国料理店に着いた。看板や照明が
オシャレで、入りやすい雰囲気だ。
ワクワクしながら韓国麻の暖簾《のれん》をくぐって中に入ると、瑠莉がなにかに気づいて、
フロアの奥にあるカウンター席を指差す。
「んっ？　あれ、ＮＩＫＫＯ先生じゃない？」
言われて見てみれば、確かに見覚えのあるグラデーションボブの髪と、肩幅の広い
頼もしい背中が目に入った。

「あ、本当だ！　……っていうか」

ＮＩＫＯ先生の隣に座っている女性も、未和子さんと横顔が似ている気が……。

いや、でも、ふたりが知り合いだなんてことがある？

眉をひそめていると、スタッフがやってきて席へと案内される。その席が偶然にもふたりの真後ろだったので、ＮＩＫＯ先生の特徴的な声がよく聞こえてきた。

「やめとけって言ったじゃないの～。一途な男はそう簡単に目移りしないんだから」

「わーかってたわよ！　それでも悪あがきしたかったの」

ああ……間違いなく未和子さんの声だ。しかも、話しているのは尚くんとのことっぽい……。めちゃくちゃ気まずい！

私は口の端を引きつらせ、先生にしか注目していない瑠莉に、こそっと耳打ちする。

「先生の隣に座ってる女の人、さっき話した未和子さん」

「マジ⁉」

ギョッとする彼女の声に反応したのか、ＮＩＫＯ先生が話しながらこちらを振り向く。

「まったく、未和子ちゃんはバリキャリのくせに恋愛となると……あらっ⁉」

「恋愛となると、なによ？　……あ」

まず先生が私たちに気づき、今日もバッチリメイクを施した顔を、パッと輝かせた。

それにつられて、とっても不機嫌そうな顔で振り向いた未和子さんも、私と目が合って一時停止する。

「こ、こんばんは」

瑠莉と声を合わせ、微妙な笑みを浮かべて会釈すると、NIKKO先生が顎の下で手を組んで嬉しそうに笑う。

「やあだ、こんなところで会うなんて、すごい偶然ね～！　なになに、ふたり共、韓流が好っ――」

話している最中の彼女を、腰を上げた未和子さんが押しのけ、私の前に立ちはだかった。

ひいい、恐ろしい。美人の怒っていそうな無表情は迫力がある。

「野々宮さん」

「は、はい……！」

腕組みをした彼女の毅然とした口調に、私は緊張して背筋をピンと伸ばす。

尚くんは彼女の告白を完全に断ったらしいし、恨みつらみを吐かれるのかもしれない。そう思い、覚悟したのだが……。

「あなた、激辛料理は食べられる？」

「はい？」

投げられたのはまったく関係ない問いかけで、思いっきり肩透かしを食らった。

未和子さんが私と話したいと言うので、しばしＮＩＫＫＯ先生と席を交換することにした。

ふたりは十年来の友人だそう。こんな繋がりがあったとは……世間は狭い。

それにしても、未和子さんは初めて会ったときと同様に、至って普通に接してくるので、私は逆にビクビクしている。

「私、失恋したときは激辛料理を食べてスッキリするの。ここのブルダックが最高なのよ。どうぞ」

「あ、いただきます……。……からっ！」

差し出された真っ赤な鶏肉をとりあえずひと口いただいてみたものの、美味しさのあとにとてつもない辛さが襲ってきて、慌ててお冷やを手に取った。

それを見て、無邪気に笑う未和子さん……もしや、これが新手の仕返しなのでは？

ヒーヒー言いながらそんなふうに思ったのもつかの間、彼女は真面目な顔になり、突然頭を下げる。

「この間はごめんなさい。きつく当たって、嫌な思いをさせて」

ストレートに謝られ、一瞬、舌に残る辛さも忘れて首を横に振った。

「いえ。未和子さんの気持ちもよくわかるので」

私もショックは受けたけれど、同じくらい申し訳なさもあるから、おあいこだ。

未和子さんは頬杖をつき、どこか遠い目をして言う。

「あの人があなたのことを必要以上に気にかけるのは、恋愛感情があるからだって、本当は前から気づいてた。ただ、認めたくなかっただけなのよ。それで彼にすがりついて、あなたに嫉妬するなんて、私のほうが子供ね」

嘲笑を浮かべた彼女は、激辛ブルダックを口に放り込んだ。

なんでも完璧にこなすイメージの未和子さんだが、それでもうまくいかないことのひとつやふたつはあるだろう。今回のことも、子供みたいだとは思わない。

彼女も「辛〜っ」とマッコリをぐびっと飲むと、スッキリとした表情をこちらに向ける。

「今後は邪魔したりしないから安心して。もう興味ないわ、あんなロリコン」

「言いましたね」

これまできっと誰もが触れないようにしていたであろうひとことを、あっさりと口にしましたね。

思わずツッコめば、彼女は「失言でした」と、いたずらっ子みたいに笑った。きっと今の発言は茶化しているだけで、本心ではないだろうと想像がつく。

彼女はすぐに凛とした美しい笑みへと変わり、私に右手を差し出す。

「これからは、仕事仲間としてよろしくね」

ライバルだったにもかかわらず、明るい声をかけてくれて、心がじんわりと温かくなる。身が引きしまる思いでその手を取り、「よろしくお願いします」と頭を下げた。

話が一段落したところで、再びNIKKO先生と席を交換することにした。その際、先生はなぜか私の手を両手で握り、キラキラと目を輝かせて小声で語り始める。

「野々宮ちゃん、おめでとう！　初めては不安だろうけど、頑張って大人の階段を上るのよ。その先には素晴らしい天国が……って、やだもう、アタシったらなにを教えようとしてんのかしら！　忘れて忘れて～」

「へ？」

なんだかハイテンションで悶えている先生。どうしたの？　それに、今『おめでとう』と言ったよね？

私はどういうことやらわからず、ぽかんとして、席に戻る先生を見つめる。彼女は未和子さんに「あんた、こんなくっそ辛いのよく食べられるわね」と茶々を入れ、女子会を再開していた。

とりあえず瑠莉が座るテーブル席に戻った私は、頼んだ料理を適当に取り分けている彼女に聞いてみる。

「ねえ、先生となに話してたの？」

「交際ゼロ日婚のカップルが迎える初夜のお話」

「私のことじゃん⁉」

勝手になに話してんの！　そんなに楽しそうにニンマリして！

愕然としたあと脱力する私に、瑠莉はキムチチゲを盛った器を差し出して一応謝る。

「ごめん。杏華の名前は出してないのに、私と未和子さんの話を両方聞いたら特定できちゃったっぽい」

「あー、それでか……」

先生のさっきの発言はそういうことね、と納得して、うなだれた。知られても特に問題はないが、ただただ恥ずかしい。

瑠莉は「かんぱーい」と言って、私のグラスに自分のそれをカチンと当て、意味深に口角を上げる。

「でも、ちょこっと聞いておいたよ、初夜の心得。知っておいて損はないじゃない？」

「ぜひ教えてください」

食い気味で返す私に、彼女はおかしそうに笑って、さっそくレクチャーを始める。

初夜はその名の通り、初めての経験をするのだから緊張もするし、わからないことだらけだ。なんだかんだアドバイスはいただきたい。

昨日から尚くんと同じベッドで寝ることにしたものの、彼は私を徐々に慣らすため、キスをするだけに留めてくれている。

私たちが夫婦として初めての夜を迎えるのは、入籍する明日。

キスだけだってめちゃくちゃドキドキしているのに、そのときになったら、私はどうなってしまうんだろう……。


美味しくて刺激的な韓国料理を味わいながら、瑠莉と語り合った翌日の午前中。金曜日だが尚くんは休みを取って、私たちは今、市役所にいる。

カウンター越しに立つ中年の男性職員が、私たちに向かって和やかな笑みを向ける。

「こちらで手続きは終了となります。おめでとうございます」

そのひとことがもらえて、胸はほっこりと温かくなり、ちょっぴり照れてしまった。

市役所を出ると、八月終盤のじりじりとした日差しが肌を刺す。今ばかりはそれも気にならないくらい、気持ちがふわふわしている。

ちゃんと提出したところをこの目で見たにもかかわらず、どうにも実感が湧かない。

「私たち……本当に夫婦になったんだよね？」

「そうですよ。久礼杏華さん」

半信半疑な私に、尚くんはクスッと笑い、私の新しいフルネームを口にした。

そうか、私も久礼になったんだ。……うわ、なんだかくすぐったい。

ふたり並んで歩きながら照れ隠しで目を伏せると、大きな手が私の頭に伸びてきて、彼の胸へと引き寄せられる。

「もうなにも心配するな。俺は一生、お前のものだよ」

胸がトクンと優しく鳴った。甘い囁きが、私を安堵と幸福で満たしてくれる。

この素敵すぎる旦那様をいつまでも大切にしよう、と改めて誓い、こくりと頷いた。

大事な用件を済ませたあとは、尚くんの車に乗り込む。次に向かう先は、私は初めて行く熱海《あたみ》だ。

いつの間にか尚くんが熱海の宿を手配してくれていて、今夜はそこで一泊する。まさか彼がこんな計画を立てていたとは知らなかったから、とっても嬉しい。

思えば、ふたりで旅行をするのも初めてだ。比較的近場とはいえ、非日常感はたっぷり味わえそう。

その期待通り、目的地に着くと日常を忘れて観光を楽しんだ。

街と海を一望できる熱海城に上ったり、荘厳な美術館で芸術に触れたり。暗くなるにつれてライトアップされるサンビーチも、幻想的でうっとりする。

そうして最後にやってきたのは、名の知れた霞浦《かすみうら》グループが手がけるリゾートホテル。和と洋が絶妙に融合したハイセンスなホテルで、足を踏み入れた瞬間に満足するほど。

早めにレストランでいただいた夕飯もとても美味しかったし、海を眺めながら入る温泉も最高。今日一日で、これまで生きてきた十九年分の贅沢をした気分だ。

ホテルで貸し出している浴衣に着替えて、広々としたスイートルームに戻った私は、満たされたため息をつく。

「はあ……本当に夢みたい。こんなに幸せでいいのかな」

お風呂セットをしまって、ひとりごとをこぼすと、後ろからそっと抱きしめられた。

私と同じシャンプーの香りを漂わせる旦那様が、耳元で囁く。

「これからもっと幸せにしてやろうと思ってるんだけど。満足するには早いぞ」

セクシーな声にゾクリとさせられ、私は思わず唇をきゅっと結んだ。

い、今の言葉って、初夜を意味しているのかな……？　もう、そのお時間なんでしょうか。やばい、心臓が破裂しそう。

緊張しまくって硬直していると、スッと身体が離された。そして、よく似合っている鈍色《にびいろ》の浴衣姿も色気ありすぎな彼に手を引かれる。

「そろそろ時間だ。おいで」

「え？」

ふっと笑みを漏らした尚くんは、予想に反して海が望めるテラスへと向かっていく。

いったいなんの時間なのかと聞こうとした、そのときだ。身体に響く大きな音がして、目の前に大輪の花火が広がった。

まさか今年二回も見られるとは思わず、口元に手を当てて感嘆の声を上げる。

「わあ……っ、すごい！　すごく綺麗！」

遮るもののない海の上に上がるそれは、まさに絶景で、この間とはひと際違う感動を覚えた。しかも、隣にいるのは大好きな人。それだけで感動は何倍にもなる。

控えめにはしゃぐ私に、尚くんはテラスの手すりに手をかけて言う。

「今日の一番の目的はこれだよ。一緒に見るって約束、どうしても守りたかったから」

それを聞いて、はっとした私は、花火から彼に目線を移した。

今日の計画は、あのあとに立てたものだったんだ。日にちがない中で、花火が見られるグレードの高い部屋を取るって、きっとなかなかできない。どれだけ探したんだろう。

面倒くさがりの彼が、些細な約束を守るためにここまでしたのだと思うと、胸がきゅうっとなる。

「……ありがと、尚くん。私のためにたくさん、いろんなことをしてくれて。家族になってくれて、ありがとう」

何度でも感謝を伝えたくなって、飾らない想いを口にした。

尚くんは下ろした前髪がかかる目を細め、愛おしそうに微笑む。そして、今度は正面からしっかりと私を抱きすくめた。

「こちらこそ、ありがとう。俺に人生を委ねてくれて」

頼もしい彼の背中に、ダイヤの花の指輪が輝く手を回して、抱きしめ返す。そのまま流れるようにキスを交わした。

花火に見守られつつ何度も唇を重ね、次第に息が上がり、頭がぼうっとしてくる。いつもはこの辺りで終わるのに、今日は終わる気配がない。むしろ、キスは激しさを増す一方だ。

さらに、薄い浴衣の上から胸の膨らみに彼の手が触れ、私は肩を跳ねさせて、重なる唇の隙間から「んうっ」と変な声を漏らした。

人に触られると、こんなに恥ずかしいものなんだ……！　直接触れられたわけじゃないのに、身体がものすごく敏感になったみたいに反応してしまう。

初めての体験に戸惑う私を、尚くんは熱情と優しさを交じらせた笑みを湛えて見つめる。

「大丈夫、怖くない。お前の初めては、昔から全部俺がもらってきただろ？」

言葉の最後のほうは、したり顔になり、少し茶化すような調子で言った。

確かに、初めての恋も、キスも、すべて尚くんに捧げてきたし、もちろんこれからもそのつもりでいる。

「……うん。全部、あげる」

改めて覚悟を決めてそう口にすれば、彼は嬉しそうな笑みを見せたあと、色気を含んだ男らしい表情に変わった。

まだ上がっている花火を尻目に、彼は私の手を引いて部屋へ戻る。大きなベッドにふたりで座り、甘いキスを再開した。

浴衣がはだけて露わになった私の肩に、腕に、尚くんは愛《め》でるようなキスをする。

その唇が素肌の胸元に滑る頃には、浴衣はすっかり乱されて、ただの布と化していた。

私を優しくベッドに倒し、覆いかぶさる彼の瞳には情欲が溢れているのがわかる。

彼も浴衣が乱れ、逞しい胸元が覗いていて、そのセクシーさにクラクラするほど。

「キョウ……すげえ可愛い。こんなこと、夢か妄想でしかできなかったのにな」

とても幸せそうな顔で言うから、私も嬉しくなる。なにげに正直なことを暴露しているが。

私はクスクス笑い、恥ずかし紛れに問いかけてみる。

「頭の中ではしてたの？」

「してたよ、もちろん。何度も、こんなふうに」

即答した尚くんは、ペロリと舌を出して胸の先端を口に含んだ。まるで熟れた実を食すかのように。

全身に刺激が伝わって、自然に甘く切ない啼《な》き声がこぼれる。ゾクゾクして、身体の奥から熱が込み上げて、わけがわからないけれど全然嫌ではない。

愛撫《あいぶ》は誰にも触れられたことのない場所に及んでいく。じっくりと丁寧に溶かされて、私はひたすら喘《あえ》いだ。

視線や指先からこんなに愛が伝わることも、愛おしく感じる痛みがあることも、初めて知った。

「あっ、なお、く……っ」

私の中に、彼がいる。

もっと深く繋がりたいと伝えるかのごとく、窮屈な奥を何度も攻めてくる。「好きだ」と幾度となく口にして。

心臓は壊れそうなくらい激しく動いているし、熱くて痛いけれど、それだけじゃない快感を確かに覚えていた。

尚くんは汗が滲んでいる余裕のない顔に、小さな笑みを浮かべ、乱れた私の髪をそっと掻き上げる。

「お前と出会えてよかったって、本気で思うよ。愛してる、杏華」

シンプルな言葉が最高に嬉しい。それに、初めてちゃんと名前で呼ばれた。

瞳が潤むほど幸せに包まれ、「私も、大好き」と、なんとか伝える。

薬指に巻きついたプラチナの蔦《つた》のように、私たちは指を絡め、夜空の花が消えたあともお互いを慈しんで抱き合った。

隣に眠る旦那様の綺麗な寝顔を見て、私はふふっと笑みをこぼし、そうっとベッドを抜け出した。

浴衣を羽織り、テラスに出てみる。とっくに花火が終わっている今、静かな海の上に佇んでいる丸い月がよく見える。

心地いいだるさがあって疲れているが、目が冴えてしまって眠れない。さっきまで繋がっていた部分がじんじんとしているし。

……ああ、私、尚くんとひとつになれたんだ。少しだけ大人になった気分。

昨日、瑠莉から聞いたＮＩＫＫＯ先生の心得は、いざとなったらほとんど思い出せなかった。実際はそんな余裕なかったよ。

でも、私がどんなヘマをしようと、きっと尚くんは変わらず愛してくれると信じられる。彼はそういう人だ。

満たされた気持ちで夜空を見上げ、その向こうの天国にいる母に思いを馳《は》せる。

今夜の花火も見えた？　私は、過去最高に綺麗に見えた気がするんだ。

お母さんが私と尚くんを引き合わせたんだよね。それも感謝していることのひとつだよ。

　心の中で語りかけていたとき、後ろから人が歩いてくる気配がしたかと思うと、背中からぎゅっと抱きしめられた。

「杏華」

　低く甘い声が鼓膜を揺すり、一瞬にして身体が火照りだす。ついさっきの愛し合った余韻は、まだまだ抜けていない。

　心臓の音がトクトクと少し速まるのを感じつつ、彼を軽く振り返る。

「ごめん、起こしちゃった？」

「いや。俺が起きてるとお前が寝られないかと思って、目を閉じてただけ」

　なんだ、眠っていなかったのか。本当に優しい気遣いをしてくれる旦那様だ。

「今日はなぜか眠くならないんだよ。お前を抱けて興奮してんのかな」

「……実は私も」

　お互いに正直なことを言い、目を合わせてクスッと笑った。抱き合ったあとの恥ずかしさもあって、ちょっぴりくすぐったい。

　すると、尚くんが穏やかな口調で言う。

「せっかくだから、結婚式の話でもしようか」

憧れが現実になりそうなひとことに、私はとても嬉しくなって「うん」と笑顔で頷いた。

まだまだ先だと思っていた未来は、案外近くにあるのかもしれない。

「とりあえず、招待状は俺がデザインする」

「それ素敵！　じゃあ私は……」

「お前は、俺の隣で笑っていてくれればいい」

ひたすらに甘やかす尚くんは、愛おしそうに私の頬にキスをした。

そんな彼に肩を抱かれ、幸せな未来を語りながら部屋の中へ戻る。夜空に輝く月や星に見送られるように。

――お母さん。私は今日、大好きな人の妻になりました。

私のこと以外では面倒くさがりの彼だけど、愛想を尽かす日など来たりはしません。いかなる道も共に歩み、一生笑顔でいることを誓います。

神様の代わりに天国の母に誓い、再びふたりでベッドに潜り込んだ。

私たちの愛は、決して腐ることはない。

いつまでも、どこまでも、甘く甘く、熟されていく。

特別書き下ろし番外編

夫婦愛は永遠に糖度120%［Side＊尚秋］

まだまだ残暑が厳しい九月の上旬。つい先日で、ちゃんと籍を入れてから丸二年が経った。

ふたりの匂いがすっかり馴染んだベッドの中、俺は隣で眠る妻を眺めている。

伏せられた長いまつ毛、雪のように白くハリのある肌、桜色の唇。チョコレートブラウンの髪は胸の辺りまで伸び、ルームウェアの薄いワンピースから伸びる四肢はしなやかで、扇情的なラインを生み出している。

結婚してから今までの間に、杏華はずいぶん大人になったと思う。成人してネージュ・バリエに就職し、気持ちに余裕が持てているのがわかる。身体も目いっぱい愛してやっているから、俺好みに開拓されているし……なんてことは口には出せないが。

彼女を形作るすべてを愛おしく見つめていると、そのまつ毛がピクリと動き、

「ん……」と悩ましげな声が漏れた。

ゆっくり瞼が開いて、寝ぼけまなこに上半身裸の俺を映し、ふにゃりと微笑む。

なんて愛らしいんだ。天使か。

「……おはよ」

「おはよう」

昨夜じっくりと抱き合った余韻をほんのり残しつつ、穏やかに朝の挨拶を交わせるのは、とても贅沢だ。

今日は日曜日。慌ただしく仕事へ行く準備をしなくていいし、このまましばらくじゃれ合っていよう。

柔らかな髪を撫でていると、杏華は心地よさそうに再び目を閉じて、ぽつりと呟く。

「夢、見てた……結婚式の」

「へえ。すでに懐かしいな」

去年の春のことを思い返し、俺は目を細めた。

杏華には身寄りがないため、彼女の友人たちと俺の家族、そして職場の仲間を呼ぶだけに留め、少人数での式を挙げたのだ。俺はもともとあまり派手なことは好まないタチだから、アットホームでなかなかよかったと思う。

しかし杏華はその実際の式ではなく、夢の中でのシーンを思い返しているらしい。

「私はドレスを着ていて、考えていることは今と同じなんだけど、身体が子供なの。尚くんがすっごく大きく見えたから」

「おお。さすが夢」

　見た目は子供、頭脳は大人ってやつか。子供の杏華がドレスをねぇ……それはいけない。めちゃくちゃ可愛いお人形さんみたいな姿しか想像できない。

ガラスのケースに入れて大事にしておかないと心配なくらいだ、と本気で考えていると、杏華がふふっと笑いだす。

「尚くんのタキシード姿、何度見てもカッコよかったな。しかも、ちっちゃい私を抱きかかえて『俺のお姫様は世界一可愛いな』なんて言うから、キュンとした」

「夢の中の俺、心の声漏らしまくってるじゃねーか」

「現実だってそうでしょ」

さらっとツッコまれた俺は、普段の自分を振り返り、「……そうか」と納得した。

杏華の気持ちを俺に向かせたかった数年前は、心の中で想っているだけでなく、あえて言葉にしていたときもあった。

本当の夫婦になってからは意識していなかったのだが、確かに〝可愛い〟だの〝愛してる〟だのという言葉は日常的に口にしている。

杏華にしてみれば、こう何度も言われたら飽きるだろうか、と一瞬不安がよぎる。

しかし、「毎日甘い言葉をくれるの、すごく嬉しいよ」と、にっこりと微笑む彼女のひとことで、杞憂《きゆう》に終わった。ならば、これからも遠慮なく愛でるとしよう。

ホッとして俺も仰向けに寝転がると、杏華の話は夢から現実に脱線する。

「甘い言葉といえば、冴木さんも尚くんに負けてないみたいだよ。よく鬼頭さんが真っ赤になって困ってる」

「あー、想像がつくな」

今も問題なくやっているらしい異色カップルを頭に浮かべ、小さく笑いをこぼした。

鬼頭の好きな人が冴木なのだと杏華から聞いたときは、なかなか衝撃的だった。鬼頭より年下で、性格も真逆に思える冴木に惚れるとは。それ以前に、お堅いあの子が社内恋愛をしている時点で意外だったが。

以来、鬼頭の雰囲気が変わったことには気づいていた。長い髪は下ろしているときが多いし、ときどきコンタクトにもしている。いつどんなときも着ていたレディーススーツも、最近はきちんとした席でしか見ない。

なにより、彼女の笑顔を見る機会が増えた。恋は人を変えるんだな、とつくづく感じている。

杏華によれば、ふたりは何度も食事やデートを重ねてゆっくり距離を縮め、付き合いだして一年になるのだそう。冴木も甘いセリフを恥ずかしげもなく口にするタイプだろうから、奥手な鬼頭にはぴったりな相手なのかもしれない。

「冴木さんって本当に女子を喜ばせるのが上手だから、さすがの鬼頭さんもほだされちゃうよねぇ。お似合いのふたりだな〜」

俺とほぼ同じことを考えていたらしい杏華が、のほほんとした調子で言った。俺はふと、こいつも迫られていなかったか気になり、彼女を横目で捉えて問いかける。

「一時は冴木のお気に入りだったお前も、砂糖みたいな文句をかけられてたわけか？」

「……そんなことないよ」

「なんだ、今の間は」

杏華がすい〜っと視線を逸らすものだから、俺はじとっとした目を向け、彼女に上半身だけ覆いかぶさる。

いまだに衰えない独占欲を露わにして、杏華の弱点のひとつである耳にかぶりつくと、彼女は小さな悲鳴を上げて身をよじらせる。その声が妙に艶っぽく、もっと愛したいスイッチが入りそうになるも、「話を戻します！」と毅然と言われてしまった。

おあずけを食らって仏頂面になる俺を見て、彼女はいたずらっぽく笑った。

くそ……可愛いから許す。

おとなしく再び横になると、夢の話の続きが再開される。

「最初は、式の最中にドレス姿で控室にいるシーンだったんだけど、突然、衣装を選んでるところに戻っててね」

「夢でよくあるやつ」

「そう。で、尚くんのお母さんが、白無垢《しろむく》を試着した私を見ただけで感動して泣くの」

「そこは現実と同じかよ」

式の準備中、衣装選びに同行した母親の滑稽な記憶が蘇り、俺は苦笑すると共に脱力した。

俺の両親は、入籍後に杏華を会わせたときから、彼女のことをとても気に入っている。だいぶ前から野々宮家の事情は電話で聞かせていたため、結婚もすんなりと了承してくれたし、初めて顔合わせをしたときもそんな気がしないと言い、お互いすぐに打ち解けていた。

地元にいる三歳下の弟は、意外に照れ屋のためそこまで絡まなかったが、両親はすごかった。

母は特に、今も杏華と頻繁に連絡を取り合っている。おかげですっかり仲がよくなったのだが、わざわざ四国から会いに来て、衣装選びにまでついてくるとは思わなかった。

そうして、自分に娘がいたらぜひ白無垢を着せたかったとの理由で、杏華に実行させて感涙するって……。しかも試着段階でだぞ。もともと感性豊かで情に厚い母親だったが、ここまでとは。

強引に口出しやお願いをしてくる感じではないものの、こんなに出しゃばられては杏華が嫌がるだろう、と俺は注意した。ところが、彼女は案外まんざらでもないようなのだ。

「お義母《かあ》さん、可愛いよね。『キョウちゃん……！　ありがとう、ありがとう～』って泣いて手を取られたことを思い出すと、ちょっと笑っちゃう」

「引くだろ……」

「ううん。楽しかったし、嬉しかったよ。本当の娘じゃないのに、あんなに喜んでくれたんだもん」

屈託なく笑う彼女を、俺は自分の瞳から優しさが溢れるのを感じながら見つめる。

「『おかあさん』って声に出して呼ぶことはもうないんだって思ってたから、今またその機会ができて、本当に嬉しい。可愛がってくれるお義母さんに感謝だよ」

……ああ、この子はなんていじらしいんだ。

過去を悲観せず前向きに、自分に関わる人たちを自然に大切にできる。杏華のこういうところが好きだ、と改めて思う。お前となら絶対幸せな家庭を作れる、とも。

手を伸ばし、彼女の丸く膨らんだ腹にそっと当ててみる。

「今度は杏華が呼ばれる番だろ」

今、この瞬間にも育ち続けている俺たちの命に触れて微笑むと、彼女は「そうだった」と言って、はにかんだ。

――現在、妊娠七ヵ月に入ったところ。つらそうだったつわりの時期は、どうにもしてやれないことが歯がゆかったが、安定期に入る頃にはだいぶ体調がよくなり、経過も母子共に順調。

腹の膨らみは想像していたよりは小さく、これから急激に大きくなるんだろうな、と感じている。夫婦共々、当然だが初めて知ることばかりだ。

先日の検診でようやく、性別は女の子だろうと言われ、いろいろと挙げた候補の中から名前を絞っている最中なのだが……。

赤ちゃんに呼びかけるのに、あだ名をつけようということになり、ママが〝キョウ〟だから、〝今日〟と〝明日〟から取って〝アス〟にしていた。これが馴染んでしまったので〝あすか〟になる可能性が高い。

この子に自分の名前の由来を聞かれたとき、こんな理由でいいだろうか……と思わなくもないが、愛情を込めて呼んであげられる名前ならそれがベストだろう。

ふたりへの愛おしさは日に日に増すばかりだと実感しつつ、お腹の子に話しかける。

「アスは幸せだな。こんなに素敵な人がママで」

「尚くんこそ、優しくてカッコよくて、最高のパパだよねぇ」

俺の手に自分のそれを重ねた杏華が語りかけた直後、腹の中から、ぐにっと押される感覚が伝わってきた。

ふたりして目を合わせ、「動いた！」と声をそろえる。俺が触るときに限ってなぜかおとなしくなるものだから、俺にとっては珍しい瞬間なのだ。

それにしても、動いただけで「可愛い……」と感激する自分は、どれだけ親バカになるのか恐ろしいな。

クスクスと笑う杏華も、同じことを思っているらしい。

「尚くんのことだから、この子も溺愛するんだろうね」

「そりゃ間違いない。でも……」

そこまでで言葉を区切った俺は、再び彼女に覆いかぶさった。絹のような髪に指を絡め、目をぱちくりさせる愛おしい妻を見つめる。

「もちろん、それ以上に奥さんを可愛がるのも忘れないから、心配するなよ」

お前が母親になっても、遠い未来に年老いたおばあちゃんになっても、俺の想いは変わらない。お前を好きになったときから、ずっと。人の気持ちは不変ではないとされているが、例外もあると信じている。

その想いが伝わったのか、杏華は嬉しそうに微笑み、「うん。約束ね」と返した。

幸福に包まれながら、唇を近づける。溶かすように舐《な》めて、もったいぶるようについばんで、甘く熟れたそれを存分に味わう。

こんなふうにしていたら、もっと欲しくなるのはわかりきっている。昨夜も抱いたのに……いや、それよりまず、杏華は妊婦なのに、年甲斐もなくこんな調子では彼女がまいってしまうだろうか。

ワンピースの裾をまくり上げ、太ももから腰、胸へと手を滑らせて、悩ましげに問いかける。

「身体、つらいか？」

「平気だよ。妊娠してから、尚くん、いつも以上に優しくしてくれるし……その……」

次第に頬を染め、ごにょごにょと話す彼女を見てピンときた。俺はいたずらっぽく口角を上げ、耳に吐息を吹き込む。

「それはそれで興奮する？」

「うっ……う、ん」

杏華は恥ずかしそうに肩をすくめるも、素直に頷いた。

ああ、可愛すぎる……。余裕を見せつけるつもりが、俺が煽《あお》られてどうする。もう止められそうにない。

アスのことを気遣いつつ、前開きのワンピースを脱がせながら言う。

「夢の話に戻すのはもうなしだぞ」

「ん……あ！　じゃあ、最後にひとつ」

おい、まだあるのか。

内心がっくりと脱力する。正直、身体も思考もすでに獣と化している状態なので、話を聞いている場合ではないのだが……無邪気な妻だ。

俺の心情を知ってか知らでか、杏華は中途半端に乱された服も気にせず、おかしそうに笑う。

「結局、乾杯したあと、私がお酒を飲んでベロベロに酔っぱらって寝ちゃう、っていうオチだった。あはは、最低な花嫁」

「夢でよかったな」

自虐する杏華に笑いをこぼし、半分適当な言葉を返した。

確かに、この子はアルコールに弱い。ひと口飲んだだけで酔ってしまうから、俺がいる場所以外では飲ませたりしない……が、やはり正直、取るに足らない内容だ。おあずけされるのも限界で、待ちきれず首筋にかぶりつこうとしたとき、杏華はぼんやりと天井を眺めて呟く。

「眠る前に、尚くんになにか言ったんだけど、全然思い出せないや。これも実際にあった気がするし、不思議な気分」

それを聞き、俺はぴたりと動きを止めた。杏華の言う通り、以前似たようなことがあったから。

一緒に暮らし始めた頃、杏華がジンジャーエールと間違えて俺のビールを飲み、酔っぱらってしまったときのこと。彼女は眠りに落ちる寸前、ふにゃっと微笑んで俺にこう言った。

『ずっと、尚くんのそばにいたい』

当時は、それが恋愛感情から出たものなのか、家族愛と同等のものなのか判別できず、ひとり悶々とさせられた。

今思えば『離婚しようか』と言われて飛んで帰ってきたとき、ぐったりしていた杏華がうわごとのように発した言葉も同じで。あのときは、彼女の中にあるものが恋愛感情であろうとなかろうと、まだ俺と同じ気持ちでいてくれることがただただ嬉しく、安堵した。

おそらく、彼女が夢の中で口にしたのもこれなんじゃないだろうか。今も変わっていないでほしいという、俺の願望でもあるが。

「……俺はわかる気がするよ。なんて言ったのか」

穏やかな口調で言うと、杏華は大きな目をぱちぱちとしばたたかせる。

「えっ、なんで？　なんだろ」

「たぶん、お前がずっと思ってることじゃないか」

俺は含みのある笑みを浮かべ、首筋にキスを落とした。簡単に教えてしまうのは、なんとなく味気ない気がして。

杏華は胸へと下りていく俺の唇にも構わず、「ん〜、ずっと思ってること……」とぶつぶつ呟いて考えを巡らせる。そうしてなにか思い当たったらしく、パッと顔を輝かせた。

「〝尚くん大好き！〟かな？」

あどけなさの残る笑顔でストレートなひとことを口にされ、俺は一瞬目を丸くした。

胸に温かさと甘酸っぱさがじわじわと広がり、思わず笑い声がこぼれる。俺をこんなに想ってくれているこの子が、どうにも愛おしくてたまらない。

身体中へのキスを中断し、アスを潰さないよう気をつけて、そっと抱きしめた。

杏華は人生の約半分を俺と過ごしている。さらに長いこれから先の人生までも、俺と共に歩むことを誓ってくれた。

そんなかけがえのない彼女との幸せのために、俺にできることは――。

最初にプロポーズしたときのように、俺はこれからもそう考え、実行し続けていくのだろう。

といっても大前提なのは、彼女に、生まれてくる命に、全力で愛を尽くす他ないということ。

俺にとってはたやすいことだが、今一度胸に刻んでおくとしよう。

「俺も、大好きだ。いつまでもそばにいるよ」

いつにも増して心を込めて囁くと、杏華は嬉しそうに目を細め、俺の首に腕を回す。

永遠に腐敗することなどない愛を誓い、糖度たっぷりの口づけを交わした。

End

あとがき

本作をお読みくださった皆様、ありがとうございます。葉月りゅうです。

ベリーズ文庫ではおそらく珍しい十代のヒロインでしたが、お楽しみいただけたでしょうか。

十九歳って、とても微妙な年齢ですよね。身体や能力は成人とほぼ変わりないのに、誕生日を迎えるまではさまざまな制限があって、大人にはなりきれないという。

私は早生まれなので、成人式をしたときはまだ十九歳。成人組の友達はお酒を飲んで盛り上がれるのに、ジュースしか飲めないことが悔しかった覚えがあります（笑）。

年の差についても、十歳差のカップルや夫婦は今どき珍しくないと思いますが、相手が未成年だと少々問題がありますよね。尚くんは相当悩み、そして我慢したと思われます。杏華が可愛くて仕方なく、彼女を甘やかすことに生き甲斐を感じている彼を書くのはとても楽しかったですが、確実にロリコ……（自粛）。

杏華も年齢的なジレンマを抱えていて、自分は女として意識されていないんじゃないか、自分では相応しくないのではないか、と不安が付きまとっていました。相手を大切に想うがゆえに葛藤しながら本当の夫婦になっていくふたりを、温かく応援していただけたなら幸いです。

ちなみに、尚くんの理解者である加々美さんがヒーローの中編小説『不機嫌ですが、クールな部長に溺愛されています』もマカロン文庫にて発売されていたりします。ご興味のある方は、そちらもチェックしていただけたら泣いて喜びます……！

さて、今回も一緒に悩み、盛り上がり（笑）、たくさんのお力添えをしてくださった担当編集の三好様、矢郷様、制作に携わっていただいた皆々様に感謝しております。

イラストレーターの夜咲こん様、夫婦感たっぷりの雅で素敵なイラストをありがとうございました！　ヒロインの白無垢姿は憧れだったので、ひとつ夢が叶いました。

そして、本作をお読みくださったすべての方に、心からお礼申し上げます。

十人十色の恋愛の形、恋人や夫婦の形を、これからも自分なりの胸キュンを詰め込んで綴っていきますので、どうぞよろしくお願いいたします！

葉月《はづき》りゅう

葉月りゅう先生への
ファンレターのあて先

〒104-0031
東京都中央区京橋1-3-1
八重洲口大栄ビル7F
スターツ出版株式会社　書籍編集部　気付

葉月りゅう先生

本書へのご意見をお聞かせください

お買い上げいただき、ありがとうございます。
今後の編集の参考にさせていただきますので、
アンケートにお答えいただければ幸いです。

下記URLまたはQRコードから
アンケートページへお入りください。
https://www.berrys-cafe.jp/static/etc/bb

ベリーズ文庫

早熟夫婦～本日、極甘社長の妻となりました～

2019年11月10日　初版第1刷発行

著　者　葉月りゅう
©Ryu Haduki 2019

発行人　菊地修一

デザイン　hive & co.,ltd.

校　正　株式会社　文字工房燦光

編集協力　矢郷真裕子

編　集　三好技知（説話社）

発行所　スターツ出版株式会社
〒104-0031
東京都中央区京橋1-3-1　八重洲口大栄ビル7F
TEL　出版マーケティンググループ　03-6202-0386
（ご注文等に関するお問い合わせ）
URL　https://starts-pub.jp/

印刷所　大日本印刷株式会社

Printed in Japan

乱丁・落丁などの不良品はお取替えいたします。
上記出版マーケティンググループまでお問い合わせください。
定価はカバーに記載されています。

ISBN 978-4-8137-0786-8　C0193

ベリーズ文庫 2019年11月発売

『俺様上司が甘すぎるケモノに豹変!?～愛の巣から抜け出せません～』　桃城猫《ももしろねこ》緒《お》・著

広告会社でデザイナーとして働くぽっちゃり巨乳の梓希は、占い好きで騙されやすいタイプ。ある日、怪しい占い師から惚れ薬を購入するも、苦手な鬼主任・周防にうっかり飲ませてしまう。するとこれまで俺様だった彼が超過保護な溺甘上司に豹変してしまい…!?

ISBN 978-4-8137-0784-4／定価：本体640円＋税

『冷徹御曹司のお気に召すまま～旦那様は本当はいつだって若奥様を甘やかしたい～』　惣領莉《そうりょうり》沙《さ》・著

恋愛経験ゼロの社長令嬢・彩実は、ある日ホテル御曹司の諒太とお見合いをさせられることに。あまりにも威圧的な彼の態度に縁談を断ろうと思う彩実だったが、強引に結婚が決まってしまう。どこまでも冷たく、彩実を遠ざけようとする彼だったけど、あることをきっかけに態度が豹変し、甘く激しく迫ってきて…。

ISBN 978-4-8137-0785-1／定価：本体630円＋税

『早熟夫婦～本日、極甘社長の妻となりました～』　葉月《はづき》りゅう・著

母を亡くし天涯孤独になった杏華。途方に暮れていると、昔なじみのイケメン社長・尚秋に「結婚しないか。俺がそばにいてやる」と突然プロポーズされ、新婚生活が始まる。尚秋は優しい兄のような存在から、独占欲強めな旦那様に豹変！　「お前があまりに可愛いから」と家でも会社でもたっぷり溺愛されて…！

ISBN 978-4-8137-0786-8／定価：本体640円＋税

『蜜愛婚～極上御曹司とのお見合い事情～』　白石《しらいし》さよ・著

家業を救うためホテルで働く乃梨子。ある日親からの圧でお見合いをすることになるが、現れたのは苦手な上司・鷹取で!?　男性経験ゼロの乃梨子は強がりで「結婚はビジネス」とクールに振舞うが、その言葉を逆手に取られてしまい、まさかの婚前同居がスタート!?　予想外の溺愛に、乃梨子は身も心も絆されていき…。

ISBN 978-4-8137-0787-5／定価：本体640円＋税

『イジワル御曹司と契約妻のかりそめ新婚生活』　砂原《すなはら》雑音《のいず》・著

カタブツOLの歩実は、上司に無理やり営業部のエース・郁人とお見合いさせられ“契約結婚”することに。ところが一緒に暮らしてみると、お互いに干渉しない生活が意外と快適！　会社では冷徹なのに、家でふとした拍子にみせる郁人の優しさに、歩実はドキドキが止まらなくなり…!?

ISBN 978-4-8137-0788-2／定価：本体640円＋税

タイトル、価格等は変更になることがございますのでご了承ください。